3천원짜리 봄

이 책자는 정인욱 복지재단의 후원으로 간행되었습니다. 정인욱 복지재단에 깊은 감사를 드립니다.

3천원짜리 봄

—2006년 별바라기 동인 사화집

고요아침

진달래 꽃피는 소리 버들강아지 살랑거리는 소리 들립니다.
아지랑이 스멀스멀 피어오르는 햇살 감촉 즐깁니다.
얍싸름한 들풀 향기 쑥 내음 가득해지면
봄이 왔구나! 내 몸도 생기가 돕니다.
아, 당신의 봄은 어떻게, 어떻게 오시나요?

우리들의 큰 꿈

여기 우리들의 큰 꿈, 시집 『3000원 짜리 봄』을 펴내게 되었습니다.

파아란 하늘빛이, 별 헤이던 밤을 그리워하는 별바라기들의 그 꿈속으로 들어와 보십시오.

우리는 중도에 빛을 잃고 어둠 속에서 낙담 ,절망, 좌절의 두려움으로 긴 터널을 지나왔습니다. 실용과 속도만이 중시되는 삭막한 세상에서

"이렇게 사는 게 제대로 사는 것일까?"

하고 생각을 해보지만 시각 장애인이 할 수 있는 일은 안마와 역술뿐인데……. 만약 시창작 공부를 한다면 가능할까? 하는 의구심과 호기심으로 공부를 시작한지 4년여. 우리가 진전 없이 고통과 좌절감에 괴로워 할 때마다 헌신적이고 열정으로 지도해 주시는 이지엽 교수님은

"여러분은 정안인들이 느낄 수 없는 뛰어난 촉각, 청각을 가지고 있습니다. 땀은 구슬입니다. 고난을 참고 아픔을 견디고 위기를 버텨낸 사람만이 값있게, 깊이 있게 살 수 있습니다."

하고 용기를 주십니다.

그리고 내일은 오늘과 달라질 거라는 말씀에 우리는
인생길을 굽이굽이 돌아보면서 손끝으로 느껴지는 섬세
한 체험들과 귀기울여 얻은 삶의 감동을 모으고 모아서
그동안 우리가 겪은 좌절, 고통 등 가슴으로 느낀 것을
글로 썼습니다.

여기에 실린 글들은 이런 것들입니다.

아직은 시를 쓰는 솜씨가 서툴지 모르지만 중도실명이
라는 장애를 이러한 시문학의 매체를 통해 극복하고 또
다른 세상의 새빛을 얻게 되는 별바라기 회원들에게 독
자 여러분의 많은 격려와 사랑을 당부드립니다.

앞으로 끊임없이 문학 창작의 실력을 갈고 닦아 더 세
련된 작품을 만들어 오늘을 살아가는 장애인들과 우리를
아껴주시는 모든 분들의 좋은 친구가 되도록 힘쓰겠습니
다.

이 책이 간행되도록 크게 도와주신 정인욱 복지재단에
다시 한번 감사드립니다.

별바라기 회장 송우영

문예창작인들의 시집 출간을 축하하며…

매서운 바람이 옷깃을 여미게 하는 계절이 성큼 다가 왔습니다. 모두가 올 한해 유종의 미를 거두기 위해 바쁜 걸음을 재촉하며 분주한 모습입니다. 이렇듯 바쁜 생활 속에서도 한번쯤 겨울하늘을 올려다보며 지나온 시간들을 되짚어 볼 수 있는 여유를 갖는 것도 의미 있는 일이라 생각됩니다.

성북시각장애인복지관은 2002년 3월부터 시각장애인이 참여하는 문예창작교실을 운영해 왔습니다. 처음 문예창작교실의 문을 열 당시만 해도 '하루하루의 삶이 고단한 현실에서 과연 문학에 관심을 갖고 찾아오는 시각장애인이 얼마나 있을까?' 하는 걱정이 앞섰습니다. 그러나 우리의 이러한 우려는 한낱 기우에 지나지 않았습니다.

오히려 문학에 대한 뜨거운 관심과 열정을 가진 시각장애인이 많이 있음을 알게 되었고, 다만 이러한 애정과 열기를 표출하고 다듬을 수 있는 기회가 없었다는 사실을 깨닫게 되었으며, 수업을 통해 이러한 사실을 확인할 수 있었습니다.

　문학은 삶의 무게가 힘겨운 사람들에게 위안을 주고, 희망을 발견할 수 있는 생명력이 있습니다. 그래서 우리는 여러 해 동안 일구었던 문학의 결실을 모은 이 문집을 부끄러움을 무릅쓰고 세상에 내놓게 되었습니다. 아직은 서툴고 완성도가 떨어지지만 우리의 고단했던 삶을 진솔하게 담아내고, 희망이 묻어나는 글들이기에 꾸밈없이 드러내고 또 거듭나려 합니다.

　우리는 이번 문예창작교실을 통해 우리를 표현할 수 있는 〈시〉라는 매체를 발견했고, 이것을 갈고 다듬어 우리의 세계를 만들어 가려고 합니다. 글을 사랑하는 여러분! 애정을 갖고 지켜봐 주십시오. 우리 시각장애 예비 문학인들이 문집을 통해 쏟아내는 삶이 또 하나의 의미를 가질 수 있도록 오늘을 기억해 주시기 바랍니다.

　시각장애인 문학도들에게 시창작 강의 및 문학기행 등 문학적 길라잡이 역할을 아낌없이 지도해 주신 경기대학교 국어국문과 이지엽 교수님과 정인욱 복지재단에 진심으로 깊은 감사를 말씀을 드립니다.

사회복지법인 대한맹인복지회·
성북시각장애인복지관 관장 김우현

차 례

신성철

꽃이 없으면 봄이 아니지
눈이 없으면 겨울 아니지
눈물 없으면 세상 아니지

죽도록 살고 싶기에 가끔은 꼭 죽고 싶을 때가 있어
주저앉아야만
일어나야할 이유가 있잖아

꼭 한 번 만지고 싶다

눈 맞추면 피어나는 우리 아가 웃음꽃을
나 때문에 드리우는 우리 엄마 근심스런 표정을
꼭 한 번 만지고 싶다

산모퉁이 돌아가는 뭉게구름 뒷자락을
남치마 너울대는 파도 모습을
꼭 한 번 만지고 싶다

나 죽기 전에
남들이 좋다는 파란 하늘이 어떻게 생겼는지
정말
꼭 한 번 만지고 싶다

3천 원짜리 봄

영희는 갈색 안경 소녀입니다,
오늘은 약속대로 3천 원을 주어야합니다
조카 손목에서, 발꿈치에서 산 봄 값입니다.
벚꽃 일곱 번 만지는데 칠백 원
진달래 세 번에 육백 원
목련 두 번에 천 원
조카 나뭇가지에 찔린 것
언덕에서 미끄러진 것
모두 3천 원

이모
여름엔 얼마야?
가을에는 5천 원 줄 거야?

천 원짜리 세장이 얄미운 손바닥으로 건너갑니다,
한 장은 땀에 젖어 눈물을 흘리며
또 한 장은 화가 난 모습으로 한숨을 쉬며
다른 한 장에서는 아이스크림 빠는 소리가 들립니다.

그러나 영희는 금방 웃습니다
명지바람과 버들강아지
휘파람새와 방울새소리
쑥 뜯던 기억까지 덤으로 얻었기 때문입니다.

소리로 쓰는 편지

내 사랑 빛을 잃어버린 사람아
세상을 보기 싫어하는 너이기에
그래서 눈을 감고 사는 너이기에
표정이나 눈빛도 무관심해 하는 너이기에
내 마음을 전하려고
한 줄 한 줄 나를 읽어보라고
소리로 쓰는 것이니 볼륨을 높이고 귀를 열어 이 편지
를 읽어 봐

너를 만날 때마다 쿵쿵거리는 심장의 소리를 맨 앞줄
에 담았고
낙엽 깔린 그 길을 발끝으로 디디며
가만가만 다가가는 발자국 소리로 둘째 줄을 적었어
격정에 몸부림치는 파도 소리와
전깃줄이 겨울바람에 전신주에 매달려 윙윙 울고 있는
소리를 셋째 줄로 채웠지
유리컵 깨지는 소리와 환자의 신음소리
배고프다 칭얼대는 어린애 울음소리와 팔 톤 트럭이
언덕을 올라가는 소리

마음 가는대로 사연을 적었지만 여백이 남아
나는 네가 즐겨 듣던 G선상의 아리아가 되어 줄을 채
웠어
그리고는 그리고는
언젠간 너를 만날 예감에
반갑게 인사하는 나팔꽃 웃음소리로 끝을 맺었어
가슴의 체온으로 단단히 봉했으니
흐린 날 읽지 말고 보름달 뜨는 밤에 개봉 했으면 해

불면증

틀림없이 집안에 도둑이 있다
밤마다 몰래 몰래 훔쳐 간다.

가족들은 모른다
그럴 수밖에
그들이 잃은 것은 아무 것도 없다.

도둑은 꼭 나만을 노린다.
완전 범죄다
베개 밑에 감추어도
품에 안고 누워 있어도
깜쪽 같이 그는
훔쳐 가고야만다

서늘한 손 쭉 쭉 뻗어
내 머릿속 편안한 밤을
하얗게 훑어 가 버린다

도장·1

네 이름이 무엇이냐?
네 정체가 무엇이냐?
팔다리도 없는 것이
이 산 저 산 다 삼키고
그도 모자라서 사람까지 움키는구나.

손가락보다 작은 놈아
눈도 귀도 없는 것이
통째로 대지를 삼키는 주둥이는 누구에게 빌렸으며
어두운 서랍 속에 죽은 듯 숨었다가
물구나무 한 번에 주인이 바뀌니
도대체 그 재주는 어디서 받았느냐?

차가운 키스에 아파트가 녹아나고
새빨간 입맞춤에 전답이 사라지니
도대체
네 정체는
저주의 발톱이냐 사탄의 노리개냐?

강촌석

귀띔이라도

괘종시계가 일곱 번을 쳐도, 어둠은 물러나지 않는다.
햇살이 간지러워 함빡 벌은 꽃봉오리
매미 소리만큼이나 호들갑스런 한여름 별들의 잔치
농부들이 쏟은 땀방울이 일렁이는 황금물결
햇솜처럼 보드라우나 따습지 않은 함박눈

늘상 있는 그것이 궁금한 소녀,
보라색이 미치도록 알고 싶어 하는
한 줄기 빛도 가지지 못한, 아직도 만나지 못한
그 소녀에게⋯⋯

농촌으로 간다길래……

꽃가마 메주려니 휠체어 달달 몬다
아암만 힘들끼라 도회지서 살다가
고운 이 살짝 보이며 열심이 살랍니더

들밥 이어 못내도 닭장에 모이 주고
텃밭의 풋고추며 정구지 뽑아다가
소두방 제쳐놓고서 고추장떡 붙인다

석이 아부지요! 친구들 닥칩니더
누렁이 들여매소 새로 맨 멍석 깔고
등불은 내가 걸 테니 머리부터 감아요

달그락 잘강잘강 깍둑싹둑 톡톡톡
학교 안 갈끼가? 돌아치는 휠체어
무서리 걷힌 마당에 손병아리가 풀린다.

굴다리 1004

톡 톡 털어 넣고 부서져라 당긴다.
동네 판 쩨쩨해서 진출한 도박장인데
대박은 남의 일이고 늘어나는 독촉장

두 마지기 콩밭에 잡초가 절반인데
호미를 대신해서 들어앉은 멧돼지
쪼그랑 꼬투리마저 산비둘기 차지다.

따순 밥 챙겨온 봉사자 등 뒤에
불벼락 막아서든 어머니의 실루엣
빈 마음 처진 몸통을 기관차가 당긴다.

얼럴러 이놈의 소 어디로 이랴이랴
생력꾼 베적삼에 들엉긴 아지랑이
아기봄 분홍 잇몸에 앙그러운 앞니 둘.

까치

넝쿨도 말라가니 원두막 비웁시다
이삭 주운 수박은 애들이나 먹이고
설익은 참외 따다가 장아찌나 해야지

아침에 울었다면 다릿걸로 나왔지
대처로 공부나간 아들이 혹시?
광주리 채우다 말고 귀가 길을 서둔다

학동들 달고 오면 칼국수 좋아할까
살 오른 약병아리 백숙을 해 먹이고
잿불에 감자도 굽고 수박화채 내야지

입 춘

문간을 정히 쓸고 양편에 황토 놓고
건양에 다경하며 소문에 만복래요
측간에 쑤셔 박았던 부고장을 사른다

영감 할멈 사주적어 소지도 올렸고
귀밝이술 마셨으니 부럼을 깨야지요
복쌈지 아주까리로 오곡밥을 쌉시다

꽃다지 움 돋아 지천에 달래 냉이
여린 쑥 뜯어다가 버무리 하시려나
바구니 끼고나서는 뒷모습이 참하다

된바람

범의 눈초리 안방 불이 꺼졌다.
시리다 얼어붙은 발이나 녹일 건데
풍지만 달싹거리고 떡떡 붙는 문고리

시집은 안 간다며 아득바득 수놓고
도리기*하자면서 내 얼굴은 왜?
고개를 까닥인 것이 오늘 밤이 맞는데

밤늦게 쏘다닌다 혼 날줄 알았어
문단속 한답시고 꽂아 둔 숟가락총
나오길 기다리다가 잠이 들고 만 게야

나뭇짐에 얹혀 온 차지게 영근 가을
문 바를 때 두어서 나 보듯 한다더니
오라비 갖은 항아**에 보얘가는 단풍잎.

* 도리기 : 여러 사람이 추렴한 돈으로 음식을 장만하여 함께 나누어
먹는 일
** 갖은 황아다 황아라 : 여러 가지를 다 갖추어 가지고 다니는 황아장
수라는 뜻으로 나쁜 성격이나 질병 따위를 많이 지녔음을 이르는 말.

김주호

그 나물에 그 밥으로 살자
오물조물 고사리 애기 손도
푸릇푸릇 시금치 청춘도
얽히고설키고 문대지며
대론 얼굴 붉게 물들이다가
때론 알콩달콩 고소한 냄새피우며
웃자란 노란 대가리 흰 몸뚱이의
콩나물 노래 부르며 살자
살고 나 남겨진 흔적들
박박 닦아 반짝여지는 그릇처럼
그 밥에 그 나물로 살자
서로 손 호호 불어 주고
얼굴 부딪히며 비빔밥처럼 그렇게 살자

惠化洞 플라타나스

혜화동엔 플라타나스가 산다.
철없이 뛰어 다니던 아침부터
햇살 쏟아지는 한낮 지나
노을 걸린 하늘 검어지고
어머니 부르는 소리 들릴 때까지
뛰놀던 거리엔 키 큰 나무들 살았다.
봄이면 하얀 눈가루 뿌리고
여름이면 짧은 휴식을 주던
혜화동엔 지금도 플라타나스가 살고 있다
불같던 열정의 구호들도 사라지고
다정한 웃음 지으시던 노시인도 떠났지만
어린 시절 추억 맴도는 곳에
플라타나스는 너를 잊지 않고 있다고
바삭 바삭 정겨운 목소리로 속삭인다.

그대에게 닿을 수 있을까
―그 여름날의 나팔꽃

1

뜨거운 8월 하늘 향해
소리 없는 나팔을 분다
하얀 입술 푸른 멍들도록
한 낮을 보내며 불어도 귀 기울이는 이 없는 연주
땅거미 지면 가늘고 지친 팔
바람에 흔들려 나팔 떨구지만
누군가 들어 줄 어느 날 위해
새벽 이슬에 몸 추스른다.

2

B-301 강의실
아침부터 얼굴이 벌게진 교수님이 화를 내셨다
"요즘 애들은 정말 버르장머리가 없어!
국기 게양식을 하는데 한 녀석이 그냥 올라가길래
내가 뭐라 했더니 뉘 집 개가 짖냐는 표정으로 올라가
잖아."

학생들은 웃었고 나도 웃었다

50을 바라 보시면서도 저렇게 하실 수 있는 한 작가이
자 어른의 열정에

우리는 깊이 감동 했고 그날 시험도 봐야 했다

시험 문제는 그동안 배운 것 아무 거나 쓰기

책 보고 베껴도 좋은데 성의 있게 자기 말을 하란다

남학생들은 담배 피워 가며 하고 여학생들은 커피 뽑
아 먹어 가며 하란다

월급날 술 사달라면 한 번도 마다하지 않고 말술을 즐
겨 하시던

이제는 황혼을 바라보시는 그 분은 어디에서 지친 팔
로

아직도 끝없이 나팔을 불고 계실 것이다

"야, 인석들아 문학이 뭐 별거인 줄 아냐 잔 비워" 하
시며

나도 이런 시나 한번 써 볼까?

화장실 낙서도 몇 줄 베껴 놓고
애들이 떠드는 소리도 적어 놓고
열광하는 팬들에게 흐뭇한 미소를 날리며
비평이 나쁘면 문학을 모른다고 하고
시는 어렵게 쓰면 독자가 이해 못한다 하고
초콜렛처럼 달콤한 말에 과자처럼 고소함도 좀 넣어
사탕처럼 향기롭게
남이야 뭐라건 말건 언어의 유희건 말건
의식이 없다고 그럼 만들면 되지
까짓거 아무 노동자나 하나 붙들어 카피 라이팅 하지
뭐
시, 그거 별거 아니야. 포장 그럴 듯하게 하고
요즘 애들 입맛에 맞는 인터넷 용어들이나 좀 쓰고,
출판사가 홍보 전략 잘 짜서 광고 꽝꽝 때리면,
게나 고동이나 다 유명 시인 되는거야
그렇게 못하는 것들은 능력이 없어서 그래, 능력이
폼 나게 담배 꼬나 문 사진 한 방 박아 신문에 싣고
대형 서점에 떡 앉아 팬 싸인회나 몇 번 하고
연예인이 따로 있나 유명하면 연예인이지

　아직도 원고지 붙들고 끄적이는 열라 구린 짓은 이제 그만
　요즘은 인스턴트 시대야 시도 인스턴트로 써야해
　홈 페이지에 방문자수가 10만을 넘으면 난 대박 시인이고
　댓글에 아무리 악플이 달려도 사람만 많이 꼬이면 돼
　아직도 골방에 앉아 굴뚝처럼 연기 올리는 멍청한 것들은 구세대
　나처럼 깔차게 자판 두들기며 팬 관리 하면 신세대
　부러워 그럼 너도 해봐 이거 졸라 쉬운 거야 너도 할 수 있어

　닥　처　미　친　녀　석　아 !

혜화동 복개천

장마 시작되어 굵은 빗줄기들
하루 종일 소리 내어 땅 치고 지나면
혜화동 낡은 개천엔 구정물에 섞인,
붉고 노랗고 파란 물들 흘렀다.
긴 하수구 따라 나오던 선명한 색들
개골창 물과 섞여 빛 잃어가고,
아이들 물보다 선명한 웃음 울리며 신발 벗고,
노란물 빨간물 섞으며 색깔 놀이 했다.
그러면 어른들 질겁하며 아이들 꺼내고,
아이들 못내 아쉬운 얼굴로 개천물에 발 닦고,
타박타박 귀여운 발로 돌아갔다.

우리는 알지 못했다 아름다운 색의 물은
산업화를 위한 공장의 염료였다는 것을
아름다운 독약을 휘저을 때마다
얼마나 많은 눈물, 한숨들 같이 섞였는가도
어느 날 공장에 불이나 사람들 모두 떠나고
대학로란 허울 좋은 멍에 뒤집어쓴 혜화동에는
우리 이웃의 땀들 뒤섞인 물 흐르던

더럽고 냄새나던 개천도 콘크리트에 갇혀 버렸다.
지금도 어둡고 긴 땅속 하수구에서는
사랑하고 시기하고 땀 흘리며 웃던 이웃들의
정다운 얼굴들 떠다니고 있을지도 모른다.

혜화동 분수·2

시 한편을 만들고 채 한 달도 안 지났는데
혜화동 로타리에 분수가 사라져 버렸다
정답던 친구 하나가 또 떠나가 버리고
빈자리엔 휑하니 바람이 지난다

벗들과 헤어지는 건 언제나 슬픈 일이다
분수에서 파도소리를 찾아내던 시인도 떠나가고
엉클어진 기억들도 낡은 사진으로 바래가면
조금씩 좁아지는 마음처럼 거리들도 분주해져 간다

오늘도 여기에는 물방울들 넘실대는데
혜화동 민대머리 분수는 어느 선술집에 앉아
호탕한 웃음 같은 물줄기를 뿜어 올리며
어서 잔을 비우라고 등 두드리고 있을까?

박항임

저는 사실 '이지엽' 교수님의 시창작 강의를 통해 잃어버린 감성이 조금씩
되살아나 이렇게 '별바라기' 문예창작 동인지에 어설픈 솜씨지만 글을
올리게 된 박항임입니다.
저는 소녀시절 문학에 심취한 때도 있었지만
그저 보편적 생활의 틀 속에 아니 어쩌면 아픔을 감추어 온 삶 속에
추억 하나 낙서마저 남길 여유 없이 중년의 문턱에 이르렀습니다.
혹시 지금이라도 서투른 시 한 편 적어볼 감정이 내게 아직 남아 있다면
단풍잎들이 이슬에 젖어 발목을 시리게 하는 산책로 벤치에서
마음 한 켠에다
꿈과 낭만에 대해서보다는
현재를 다독여 줄 글귀들을 채우고 싶습니다.

살가운 이야기

1. 엘리베이터
매모새를 곱게 하고 웃으며 타고 싶어라
안녕하세요?
오늘 의상이 참 멋지시네요. 어딜 가시길래?

2. 네비게이션
요 깜직한 앵무새가?
"약속한 그곳은 바로 이길입니다"
가슴은 점점 속삭임의 눈빛 속으로

3. 전등갓
수줍은 새색시의 속치마를 펼쳐 쓰고
초생달처럼 배어나는 조명으로
이 순간 그윽히 비추는 살빛

4. 종탑
맑게 퍼지는 아침의 소리
오늘도 언제나 새롭게 시작해야지!
두 손이 살며시 꼬옥 모아지는 울림

5. 화단
아파트 담 아래 도란도란
물을 주면 서로 고개를 들고 웃는 꽃들
오늘 현관 앞에는 유난히 반기는 향기로움

6. 세탁기
때 묻은 허물을 다 안아서
어제의 옷도 그제의 옷도
내일은 허브향 산뜻하게

7. 커튼
소랏빛 봄을 열어
상큼한 공기란 바로 이거야 하며
행복한 마음도 사르르 열리게

8. 씽크대
참기름 냄새 아직도 고소히
당신의 얼큰한 찌개가 보글보글
당신의 휴일 설거지도 달그락달그락

9. 강아지
복슬복슬 앙증맞고 귀여워
누나한테 뽀뽀 삼촌한테 안녕
혹 삼촌 성은 요크샤테리어, 누나 성은 마르티스야?

10. 딸
우리 세돌배기 딸래미
생크림 같은 뺨을 부비며
아빠 사랑해!

한양의 향기
―나눔의 꽃 그리고 바다별

황토향기 마당에 종다리 모이고
수호천사 감싸는 햇살 가득
처음처럼 은은한 목화의 숨결로
카페지기 단풍빛 깃발 하나
불혹의 흑기사 말고삐를 당긴다

공원의 횃불을 밝혀온 지천명과
이순을 달려온 금탑의 사랑은
어떤 날도 아름다운 봄노래의 향기
시인은 하늘에다 음계를 그리고
요정은 파란나라 주단을 깔지!

백조같이 날아온 십자수와
플루티 소리 없는 그 미소는
저 광야를 순례할 꽃별인가?
소뎨는 새 땅의 행렬을 짓고
화신은 은하산의 종을 울린다

버티고개 찬서리에 푸른 숲길,
소낙비 나루터에 무지개 아침,
영광은 체리빛 봉오리 속에
그리고 바다별은
가슴 가슴 꽃줄기를 심어가지!

불혹에 얻은 사과

어디서 이렇게 생겨났나?
내 사랑 싱그러운 고운 열매야
너의 그 오목한 얼굴에
너의 그 풋풋이 솟는 향그러움에
마흔넷, 기다린 아비는
손이 떨리고 입술도 떨려 눈물이 난다

너는 아무도 함부로
껍질을 벗길 수 없는 보배로구나
파란 웃음이 너무 맑아
속으로 몰래 익는 홍조가 어여뻐서
어쩌면 별을 숨겼는지
작은 우주 안에 은하수라도 품었는지

그래그래 이제 아비는
투전을 그만두고 술 바가지도 내려놓는다
허리띠를 단단히 매어라
지겟짐도 지고 노다지도 캘 수 있다
너는 행여 멍들지 않게

그윽히도 상긋한 작품이 되려무나

너를
선반에 올려둘까?
꽃쟁반에 담아놓을까?
너에게
늘 산뜻한 바람이 스치게 하여주마
너에게
불개미 한 마리 기어들 수 없게 하여주마

어디서 이렇게 생겨났나?
내 사랑 싱그러운 고운 열매야
너의 그 소담한 얼굴에
너의 그 달빛 감춘 탐스러움에
햇볕같이 다가온 천사는
가슴 저리운 숨결의 접시를 받치리라

발코니의 찻잔

전나무 한 그림자 내린 발코니
너 그리고 내 얼굴이 비친 찻잔

넌 무엇을 생각하니?
나는 너를 마시고 싶은데

오, 이제 달빛이 지는구나
하지만 등을 켜지 마.

불빛은 이 순간을 시샘해
난 널 어서 마시고 싶을 뿐이야

새 한 마리 앉았다 떠난 발코니
너 그리고 내 입술을 녹인 찻잔

난 무엇을 해야 하나?
너는 나를 남겨 놓았는데

오, 이젠 천둥이 치는구나

하지만 팔을 떨지 마

찻잔이 놀라면 안돼
난 그 얼굴 잃어버리기 싫어

모니터

한 장의 달력처럼 놓인 창속에서
포거스가 간다
시장으로 카페로 정보를 낚는 바다로
나의 아바타여
꿈을 갈무리하라 우주를 누벼 보아라
새가 살고 바람이 불며 사람이 걷는 동산 말고
악마의 클릭이 전쟁을 네티즌의 메시지가 평화를 부르
는
지구를 창속에 담고 움직이는 온라인 세상이 열린다.

스쳐간 거울처럼 비추인 우정 속에
키워드를 던진다.
밀림에서 도시로 훑어온 휴먼 파일을
강물을 건너보아라 산을 올라보아라
말을 끊고 눈빛이 멎으며 화석이 되는 의자 말고
흙밭의 곡괭이가 과실수를 바삐 도는 물레들이 양털을
가꾸는
온 누리를 품에 안고 숨쉬는 오프라인 대지를 보리라.

송우명

중도에 실명이
몰고 온 위압감은
말로는 다 할 수는 없지만,
어차피 빈손으로 와서
빈손으로 가는 게 인생.
내 삶의 날들을 기쁨으로
아름답게 가꿔가렵니다.

불청객

밖에는 지금
수상쩍은 기미가 몰려온다.
흙먼지 자욱한 황사 바람,
몰래 묻어오는 감기 바이러스들이

다투어 내 몸에 숨어들어
며칠째 물러가지 않더니
내 목을 짓눌러 말도 못 하게하고 ,
관절까지 쑤시게 한다.

기인 밤, 어릴 적 몸살감기로
불덩이가 된 내 몸뚱이에
물수건을 연방 갈아주시던 어머니

소멸에 대하여

1. 노을
산그늘 길게 늘이며
붉은 해 넘어갈 때
서산마루에 번지는 주홍 감빛

2. 능소화
늦여름, 비바람 부는 날
높은 가죽나무 위에서
적황색 곱게 단장한 능소화
시들지 않은 채 우아하게 뛰어내린다.

3. 탱자
과수원 울타리
잘디잔 이파리 속에서
투명한 햇살로 몸살 앓는 황금빛

4. 연꽃
빗방울 연잎에 고이면
함께 일렁이다

도르르 연못에 비워버린다.

5. 목탁소리
해맑은 스님의 목탁소리
한아름 자비를 구하는데
차량행렬
공허한 메아리로 시주한다

이 맘, 누가 알어

40 중반에 혼자되어
딸 하나 있는 거 시집보내고
혼자 살아왔지.

환갑 때던가!
딸년 친구가 찾아와서는
"지가 아시는 좋은 분이 있으니 만나보실래요." 하더
라구.
딸년이 시켜서 그러는 줄 알고
"느덜 덕에 안 살어~
내가 거시기냐? 이리저리 시집이나 다니게……" 하며
딸년과 막 욕하고 싸워댔지.

설마 이 나이 먹도록 살 줄 알았다면
그때 못이기는 척 하구
한 번 봐볼 걸 그랬어!
후회가 들 때도 있어.

경로당에 들락거리다보면
동네 할아버지들
왜 그리 측은하게 보이는지…
그럴 때는 부치미라도 한 접시 갖다 주고 싶지만
이상하게 생각할까봐 말도 못해봤어.

마음만 그렇다는 얘기지 뭐!

도비도*

가난했지만 정겨웠던 60년대,
가정교사로 학업을 이어 가던
내 나이 스무 살 무렵

지천명 나이가 될 쯤엔
번듯한 CEO가 되고,
이순에 들어서는
후학을 지도하고
묵향과 비백의 여유를 즐길 줄 알았지.

하릴없는 나이 든 동네 아저씨들
마음 설레며, 미원 다방 아가씨,
금낭집 아줌마를 찾아다니는 걸 보고
그 때, 내 생의 밑그림을 그렸거든.
나만은 그럴 리 없다는 듯이

그런데, 쉰이 되던 그 해
녹내장이란 고얀 놈들이 갑작스레 찾아와
내 가슴 뒤져 파헤치고

묻어뒀던 그 밑그림들
죄다 지워버렸지.

이제는 세월의 깊이만큼
흰 머리카락은 자꾸 드러나지만,
이제 비로소 자유로워진 나는
망망한 바다를 건너
고독한 이들의 섬(詩)를 찾아가고 있지.

* 도비도 : 당진 앞 바다에 있는 섬 이름

벗에게

쉰 나이에,
푸르른 산들은 허물어지고
온 세상은 황사바람

이제는 귀밑머리 허옇게 휘날리고
한 잔 술에도 휘청거리는
생의 내리막

행복의 문이 닫힌 내가
힘겹게 다른 문을 열 때
불행 다음엔 행복이 온다고!
손을 잡아주던 친구들.

봄날, 가던 길 멈추고
싱그런 풀내음 속에서
친구들과 웃고 이야기 하니
이 얼마나 큰 축복인가!

이미순

나는 별바라기
나는 한 번도 별을 본 적이 없다.
내게 빛이 오면
별을 꼭 보고 싶다.
그리고 기회가 주어지면
여행을 하고 싶다.
한 가지 절실 한 것은
경치에
포옥 빠져 보았으면 싶다!

동치미 무

초겨울이 되면 그녀는 동치미 무를 씻는다. 통통하고 허리가 잘룩하고 약간 가늘고 길죽한 무들이 한 아름 가득이다. 지푸라기 수세미로 살살 문질러 닦는다. 무 잎이 떨어 지지 않도록 갓난아기 속살을 씻기우듯 살살 닦는다.

손이 시리다 발도 시리고 잔등은 꼬부라진 할멈 같다. 그녀는 동치미 무를 싫어한다. 그래도 또 겨울이 다시 오겠지!

종이컵의 하루살이

나는 종이 컵이다.
내가 어디서 태어났을까?
글쎄!
정확한 기억은 안 난다
내가 눈을 떴을 땐 이미 어느 구멍가게였다.
음 이곳이 어딜까 하며 살펴보자니
어이고 오마야!
아니 왜 하필이면 이다지도 볼품이 없는 가게람!
하루 종일 손님이라곤 소 뒷걸음치다 쥐 잡듯 하고!

게다가 우리 주인 좀 보소!
온종일 뭘 그리 바쁜 것도 없는데 손님이 오건 가건 신
경도 안 쓴단 말씀.
음 저기 저 할배가 이리로 오는데

얼굴에는 검버섯이 가뭇가뭇하고 손등은 굵은 밭고랑
인데!
머리는 검정칠을 해 가지고 쌔주와 새우깡 한 봉을
사 들고 가게를 나가다 돌아서더니

먼지가 잔뜩 덮여 있는 나를 손에 움켜쥐고
휘적휘적 걸어서 나무그늘 벤치에 착 걸터앉더니
쌔주를 나의 몸 안에다 철철 넘치게 따르고는
단숨에 탁 틀어 한입에 부어 버린다.
카아!
아니 이 할배가 누구 맘대로 그 쓴 쌔주를 내 몸에 쏟
아 부어요?

이곳에다 그냥 버리고 갈 테지!
할배요. 제발요 나를 조금이라도 생각해 주이소.

나는 이 쌔주보다는 향기 그윽한 레몬주스 한 잔만 내
게 담아 줄 수는 없는교?

아!
이 할배가 참 맘씨도 좋은가 봐.
아님 나의 바램이 통한 건가.
나는 할배의 손에 다시 들려 또 어디론가 가고 있다.
음 어디로 갈까?

어찌 되든 간에 저 할배를 따라 가보지 뭐.

아이고. 무시라! 저 할배 뭐하는교?
아니 내가 무슨 재털이야?
쓴 째주도 모자라서 담뱃불로 찌지고 태워서.
아예 구멍이 뻥 뚫려 버렸잖아!
아이고, 오마야! 이젠 나도 어쩔 수가 없네.
흑흑!
다시 태어나면 제발이지 다시는 하루살이 종이컵이 안
되게 해주소사.
나무님, 꽃님, 해님, 달님.

마음

보이지도 않는 것이 어제는 성난 폭풍우처럼 다 집어 삼킬 듯 휘몰아치다가!

만져보도 못한 것이 오늘은 파란 하늘처럼 모든 것을 다 들어 줄 듯한

바다가 되었다.

꿈

나는 학교에 간다. 학교에 늦을까봐 세수도 하는 둥 마
는 둥하고 밥도 한 술 떠다 말고 그런데 책은 어디 있지?
커다란 보따리에 책 몇 권 공책이랑 또 필통은 챙겼는
데
필통 안엔 한 자루의 연필도 없다.
책 보따리를 허리에 질끈 둘러메고 나는 학교에 간다.

학교는 어디일까? 가도 가도 학교가 안 보인다. 그래도
자꾸만 걷고 있는데
빨간 색 파란 색 노란 색들이 내 앞에서 빙글 빙글 맴을
돈다.
나는 눈을 크게 뜨고 살펴보지만 늘 빨간 파란 노란 풍
선을 든 아이들만
눈앞에서 달려가듯 맴돈다.

낙 엽

노란 나무 잎 하나가 나폴나폴 날아가고 있다.
들국화 꽃에 앉아 달콤한 꿀 한 방울 못 얻어먹고
풀잎 샘가에 앉아 시원한 물 한모금도 못 떠마시고
노란 나무 잎 하나가 꿈을 찾아 날아가고 있다.

파란 하늘빛

나는 파란 하늘빛을 담고 싶다. 우물 빛이 하늘일까?
바닷물이 하늘빛일까?
내 마음 한가득 하늘빛을 담고 싶다!

하늘빛은 누굴 닮았을까? 예쁜 아기를 닮았을까? 용궁
왕자를 닮았을까?
내 마음 한가득 하늘빛을 담고 싶다.

이준표

어린 시절 내가 살던
시골집 마당가에 있던 우물
두레박으로 퍼내던 그 시원하고
맑디맑던 샘물이 생각나
이제 다시 가 보니
바닥까지 말라붙어 물이라곤 없네.
어릴 때 느끼던 풋풋한 감성을
지금도 샘물처럼 퍼낼 수 있다면
그러나 지금부터라도 샘바닥을 후벼 파며
자작거리는 물기라도 찾아 봐야 하겠다.

처용의 후예

먼 옛날 동해바다 푸른 물속에 살던
용왕의 아들이 처용이었다.

처용의 아내도 예식장에선
늙어 죽을 때까지 사랑하겠노라고 맹세했을 것이다.

날이면 날마다 수많은 예식장에서
한 남자와 한 여자가 세트가 되어 붕어빵처럼 찍혀 나오
지만
살아가는 동안 어느새
사랑의 약속은 바람처럼 흩어져 공중으로 날아가기가
십상이다

세트를 묶었던 그 옛날의 *끄나풀*들은
돈과 쾌락과 여권신장이란 칼날아래
하나씩하나씩 끊어져 나간다.

정조니 순결이니 하는
형체도 없는 *끄나풀*들은 다 무엇이며

호적이란 또 무엇인가?

돈은 피보다 진하고
순간의 쾌락은 사랑이란 허구보다 실질적이다

혹시 들키면 갈라서면 되고
그래도 가진 것은 반반씩 나누면 된다
자식은 물론 고아원에 보내면 되지

이 세상 남자들이여 울지만 말고
모두다 처용의 후예가 되어라.
본디 내 것이란 없는 법
허허 웃고 돌아서는 무애의 경지가
얼마나 멋지냐?

비누
—공중 화장실에서

쏴아 하는 물소리를 들으며
나는 벌거벗은 채로
코가 꿰어 허공에 매달려 있다

그렇다고 내가 무슨 벌을 받는 것은 아니다.
오직 나는 남을 위해서 살기 위하여
이런 고행을 마다하지 않을 뿐이다.

수없는 사람들이 드나들며
음부를 만지작거린 손으로
내 몸을 쓰다듬는다.

그때마다 내 몸은 점점 야위어 가고
결국은 아주 닳아 없어지고 말겠지

내 벗은 몸 뒤에 설치된 대형거울에는
가지각색의 얼굴모습들이 비치건만
나는 누구에게나 말없이 내 몸을 내맡길 뿐

그러나 더러운 손들만 있는 것은 아니다.
올망졸망한 새끼들을 위해 하루 종일 땀 흘리며 일하
던
무던한 어미들도
내게로 와서 마디 굵은 그 억센 손들을 닦는다

이제 나는 더러운 손이건 깨끗한 손이건
가리지 않고
내 몸이 몽땅 닳아 없어질 때까지
묵묵히 견딜 것이다.

나를 만난 사람들은 모두다
깨끗한 손, 환한 등불이 되어 집으로 돌아갈 것이다.

동 행

나는 당신과 기차를 타고 싶어.
그것이 어디로 가는 것인지 어쩐지는 따질 것도 없이
그저 당신과 함께라면 그대로 좋아

가는 동안 서로를 바라보며 얘기도 하고
졸음이 오면 자기도 하면서
아무것도 생각하지 말고
그대로 몸을 맡겨도 좋기만 할 텐데

그래도 내릴 때는 같이 내려야지
혼자만 먼저 내리면 안돼

어디 갔나 두리번거리다 목이 메이면
누가 있어 따뜻이 감싸줄 건가?

기차 떠난 지 오랜 텅 빈 정거장에서
갈 곳 모르고 서성거리면
그저 쓸쓸한 바람뿐일 텐데……

그러니까 우리는 같은 곳에서 같이 내리고
내린 뒤에도 또 한없이 같이 걸어가.
세상이 끝나건 어쩌건 그런 건 생각하지도 마.

발

내 이름은 '발'입니다.
나는 낮은 곳에 살며
늘 무거운 짐을 지고 다닙니다

남들은 다 높은 곳을 좋아하고
짐을 지기도 싫어하지만
나는 그럴 수가 없습니다.

내가 설령
에베레스트 산 꼭대기에 올라가더라도
나는 거기서도 밑바닥에 있을 테니까요

내가 아무리 힘들게 일하고 나서 땀을 좀 닦으려 해도
깨끗한 수건은 다 남들 차지이고
나는 그저 걸레밖에는 쓸 수가 없지요

모든 짐 진 자들아 다 내게로 오라고
예수님이 부른다지만
나는 거기도 갈 수가 없어요

내가 거기 가서 짐을 벗어놓으면
그날로 모든 것이 끝날 테니까요

밤이 깊으면 그때 비로소 나도 짐을 벗어놓고
잠시 쉴 뿐이지요

그렇지만 나도 화가 나면
돌부리를 걷어차기도 하고
또 무언가를 짓밟고 싶을 때도 있지요

그래도 나는 나의 소명대로
늘 낮은 곳을 지키겠어요

여백

맨 처음 세상으로 통하는
문을 나서며
우리는 누구나
아무것도 써있지 않은
하얀 종이 한 장씩을 받는다

그 종이위에 고운 그림을 그리든
아기자기한 기행문을 쓰든
그것은 각기 제 나름대로다.

나의 종이에는
수없이 지나간 바람 구름의 얼룩사이로
땟국물 같은 모멸의 조각들만 엉겨 붙어.
이젠 그 깨끗했던 하얀 종이가
누군가 아무렇게나 꾸겨 던진 휴지처럼 되었지만

아직 어느 쪽엔가
더렵혀지지 않은 구석이
조금 남아 있지는 않을까?

텅 빈 겨울 논바닥에 흩어진
이삭들을 줍듯
이 구석 저 구석을 뒤지며
낱알 같은 여백을 찾아보자.

그것을 찾는다면
이젠 또다시 휴지를 만들지 말고
차라리 그냥 그대로 고운 여백으로 남겨 둬야지.

정혜선

큰 바위 얼굴이라는 닉네임의
시인 이지엽 교수님의 제자 되게 하시어
번쩍이는 선배님들의 별빛 곁에서
나름대로 색깔 지닌 별 삼으시고
오늘의 이 벅찬 순간을 주신
하나님께 감사드립니다,
그리고 컴퓨터 앞에서 집배원 역할을 담당해 준
우리 며느리 박정현에게와
자칫 묻혀 버릴 뻔한 것 하나에
집착하도록 힘을 주신 교수님께
진심어린 감사를 드립니다.

별이 기다리는 별들

에델바이스는 이브 간호사로 가고
사월바람 싫은 백합은
그만, 창을 닫았다
보청기 가지러 간 수선화는 소식 없고
목련은 새 의자가 퍽이나 맘에 들었나 보다

침가방 메고 손 흔든 너른 마루 신비는
때마다 오마던 약속을 잊은 걸까? 버린 걸까?
지금쯤
홀로서기 체육관 삼단 철봉대에서
멋지게 물구나무서고 있을 울산바위가 기다려진다

그래, 그러는 거야!
달이 얼굴을 한껏 부풀려 그 낭랑함을 자랑하는 밤
큰바위얼굴 앞에 보름달만한 멍석을 펴고
슈베르트의 세레나데를 부르는 거야,
별들이 그리워 창을 열고
저 먼 미리벌의 밀양까지 들리도록.

가슴으로 걷는 예수

늦가을 이 아침나절에
반가운 노래가 시장 초입에서
십층 창을 열게 합니다
"내일 일은 난 몰라요 하루하루 살아요
불행이나 요행함도 내 뜻대로 못해요"

딱히 할 말도 없으면서
피붙이처럼 기다려지던 저 소리의 사람은
오늘도
갓 돋아 난 겨자잎색 잠바에
검고 긴 고무바지를 입고
장밋빛 챙모자를 쓰고 있음을
나는, 여기서도 알지요

세상에서 가장 낮게
가슴으로 걷는 저 사람은
마주치는 사람마다 자기 앞에서
고요하게 하는 비결이 있고,
납작한 바지 속에는 언제나

두툼한 인내가 참 소망을 당기며
두 다리를 대신하고 있습니다

눈썹 짙은 눈사람이
서리되어 나오다 사라지는
입김만큼이나 가까이 와 섰건만
벌써 노란 봄을 밀며 오는데
아주 천천히 가슴으로 옵니다.

길

우중충한 구름장은
비가 될까, 눈이 될까, 망설이고
수술날은 문 밖에 서성인다
제 자릴 비워야 할 한 눈이 가엾다
끌어안고 어데론가 훨훨 날고 싶음을
홀로 될 시한부 약시가 감지하였음일까?
오직 마음뿐인 나약한 생각을 밀어내고
선뜻 앞장선다

실로 얼마만인가,
어느 날 나라가 불쑥 안아간
홍안의 아들 그리워
볼 마를 새 없이 넘나들다
제대복차림의 장한 아들 돌려받고
소풍가는 애처럼 돌아오던 이 길을 만난 것이

길가 나즈막한 산 아래
의젓한 사슴뿔 다 된 실가지이던 나무들,
누런 비닐손수건 열심히 흔드는

얼룩말 목 줄무늬 꼭 닮은 고추밭,
목 터지게 외치는 신병들의 '충성' 소리가
등 뒤로 아련해 지면
서둘러 마중 나온 '필승' 소리, 소리들,
울고 웃던 내 옛 날들이 고스란히 그대로다

다시는 찾을 이유 없으리라던 이 길이
지금은 내가 아는 가장 먼 길이 되고
영영 떠나고 보냄이 울적해 나선
지체들의 이별 여행 하룻길 되어
가슴 푼 여름바다처럼 후덕함이 하늘같다.

개소리

동갑네 말복 보신 잔치가
황노인집 마당에서 벌어졌다.
"야, 이거 냄새 죽이는구만, 내가 우선
다리 하나씩 분배해 볼까?
이건 황가 다리, 요것은 금가 다리,
요놈일랑은 마가 다리구, 가만 있자
내 다린 어디 있을꼬?"

"얘야, 개다리 하나가 없다는구나."
"모두 내다 드렸는데요, 아버님."
"차가야, 잘 찾아봐라, 여긴 없댄다."
"여기두 마찬가지야."
"얘야, 저기두 없다는데, 네가 다시 찾아 봐라."
"아버님, 여긴 정말 깻잎하구 국물뿐이거든요?"

"차가야, 부엌엔 정말 없다는데, 내 몫을 자네가 먹게
나."
"없다니? 아까 분명 이놈이 네 발루 서 있었는데."

“얘, 아가야
개다리 하나 때문에 친구 의 상하겠다,
그 솥 한번 열어 봐라.”
“아벗니임!
제발 그 개소리 좀 그만하세요.”
“뭐, 뭣이? 개소리? 내 말이 개소리란 말이냐?”
“아버님, 그게 아니구요……”
“알았다 알았어, 개소리 그만 하마.”

젊은 나이에 사별하시고
젖동냥으로 남편을 고이 키우신 시아버지 위해
개다리 하나 깻잎 속에 다독거린 외며느리의 효심,
이 마을 이 일이
달빛 파란 하얀 겨울 사랑방마다에서
도란도란 새끼줄에 엮이어
천지 사방 두루 다니며 늙어 가다 내게로 와서
다리 하나 또 훌쩍 건너 젊은 걸음이 된다.

칠갑산

꽤나 깊은 밤, 요란한 벨소리.
짜증스레 수화기를 낚어챘다
"축하합니다 축하합니다
귀댁의 전화번호가 행운의 번호로 당첨되었습니다
노래 제목을 드릴 텐데요
틀리지 않고 끝까지 잘 부르시면 상품을 드리는
행운의 시간입니다
곡목은 '칠갑산', 응하시겠습니까?"
상품이란 말에 귀가 솔깃했지만
어디서 들어 보았음직한 노래일 뿐이다
"꼭 제가 불러야 만 되나요?"
"귀댁의 가족이면 누구도 좋습니다."
"잠시만요."
"뭔데 그래?"
"칠갑산 노래하면 상품 준다는데 당신 알아요?"
"잘 몰라."
나는 갓 제대한 아들 방으로 뛰었다
"진욱아, 일어나봐, 칠갑산 노래하면 상품준댄다."
"어디서요?"

“방송국에서, 몰라?”
“알아요.” 순간
눈두덩에 매달렸던 잠꼬리가 삭둑 잘려 나갔다

아들은 수화기에다 칠갑산 노래를 잘도 불렀다
“실로폰 ‘딩동댕동’ 했구요, 상품은 곧 보내 주겠대
요.”
“우리 아들 만세다, 상품이 뭐래? 방송국은?”
“상품은 뭔지 모르겠구요, 방송국은 엄마가 아시잖아
요?”
“나 모르는데.”
“그럼 어디다 전화 하셨는데요?”
“했나? 왔지, 우리번호가 뭣에 당첨됐다면서.”
“상관없어요, 상품만 받으면 되니까요.”
“어머머 주소, 주소를 가르쳐 주지 않았네!”
“그러게요, 에이, 그것두 상관없어요, 요새는
전화번호만 알면 뭐든 알 수 있으니까요
집만 비우지 마세요.”
난, 아홉 칸이나 내려가는 지하 집을 열심히 지켰다

적어도 아들의 이 말을 듣기 전 까지는,
그리고 언제부턴가
말하기 싫은 것 들이 스믈스믈 기어들어 와
허룩하게 만든 내 맘을
수리하려는 아들로 성장해 있음에 감사했다
"어쩐지 실로폰이 울리자마자 애들 웃음소리가 나서
이상하다, 했었죠,
예끼, 우리엄마 실망시킨 나쁜 녀석들,
엄마, 무슨 선물 받구 싶으세요?"

조정화

귀뚜라미 소리가 들리는 시를 쓰고 싶다.
추억인 것처럼이나 있었던
가을의 산뜻함과 기분 좋은 쌀쌀함을 다시금 생각나게 해 준 것은
한 장만 더 뜯어내면 나타나는
달력 위의 만져지지도 않는 무심한 숫자가 아닌,
일찌감치 살이를 시작한 더운 어둠 속 녀석들의 날개 부비는 소리였다.
조촐하고 담백한, 조용하면서도 선명한 가을을 약속하는 멜로디
그 싫증나지 않는 멜로디는 내게
갚지 않아도 좋을 위로를 해 주었고,
나는 봉지 속 같던 늦여름 밤의 열기와 습기를 견뎌낼 수 있었다.

시간은

시간은

뒤돌아보는 법도 없이 무심하게
기다려 주는 아량도 없이 냉정하게
잡혀주는 요령도 없이 고집스럽게
혼자만의 일정한 속도로
우리의 애를 태우며
흔들림 없이 앞으로만 앞으로만 걸어가는

시간은

아픔을 희석시켜 미소를 만들어주고
기억을 희석시켜 추억을 만들어주고
젊음을 희석시켜 지혜를 만들어주는

시간은

나를 희석시켜 우리를 만들고
스스로를 희석시켜 세월을 만든다.

아이의 낮잠

아이처럼 낮잠을 자고 싶다

몽롱한 눈으로 시계를 더듬으며
아무것도 하지 않고 허비해버린 시간을 불안해하거나
싱거운 물과 맨손만으로는
어지러운 꿈으로 불쾌하게 두근거리는 가슴을 누를 수
없을 때

최상의 자가 치료법(治療法)인
한숨으로 위안하며 생각한다

가만가만 가슴을 도닥여주는
엄마의
조심스러운 배웅을 받으며
아이처럼
편안하게
걱정 없는 낮잠을 자고 싶다.

아이처럼 낮잠에서 깨고 싶다

꼬마들의 나른한 놀이소리를 들으며
어둑한 저물녘에 혼자 깨어 이유 없이 서글프거나
말도 안 되게 행복한 꿈을 꾼 뒤의 허무함을
부담 없는 애정으로 위로받고 싶을 때

최상의 자가 치료법인
한숨으로 위안하며 생각한다

땀에 젖은 머리를 살뜰하게 만져주는
엄마의
따뜻한 미중을 받으며
아이처럼
외롭지 않게
행복한 낮잠에서 깨고 싶다.

무인도

무인도,
사람이 살지 않는 섬
나는
무인도를 꿈꾼다.

제대로 혼자이고 싶어서
제대로 외롭고 싶어서
제대로 그리워하고 싶어서
제대로 기다리고 싶어서

무인도,
사람만이 살지 않는 섬
나는
진짜 무인도를 꿈꾼다.

조금 덜 혼자이고 싶어서
조금 덜 외롭고 싶어서
조금 덜 그리워하고 싶어서
조금 덜 기다리고 싶어서

무인도,
사람만이 외로운 섬
나는 늘
진짜 무인도를 꿈꾼다.

혼자임을 이해받고 싶어서
외로움을 위로받고 싶어서
그리움에 지치지 않고 싶어서
기다림을 보상받고 싶어서

무인도,
사람만이 그리는 섬
내가 사는 무인도에서
나는 늘
진짜 무인도를
간절히 꿈꾼다.

해피엔딩

1년이나 2년
그렇게 몇 년쯤이라도
다 잘될 것만 같은 음악과 함께
잠깐 동안 흐르고 나면
원하는 만큼 바라던 대로의 모습이 되어 있거나

미안해! 사랑해! 용서해줘!
한마디에
정말, 거짓말같이
눈물 한 번 흘리고 나면
그 서럽던 세월이 용서가 되고
사랑으로 받아들여지는

그리하여 그들은
더 이상은 나쁘지 않게 혹은, 아주 행복하게
그렇게 잘 살 것이라는 암시를 남기며
더 없이 좋을 때 결론을 맺는
TV속 드라마의 해피엔딩처럼

인생도 그렇게

약속된 시간만큼만 아파하고
풀릴 수 있을 만큼만 오해하며
다시 사랑할 수 있을 만큼만 미워할 수 있다면
꼭,
드라마처럼은 아니더라도……

사람들이 말하는 것처럼
우리의 인생도 한 편의 드라마라면
그래서,
상대 배우들을 만나 연기가 삐걱거리지 않게
미리 대사라도 맞추거나
드라마 작가를 만나
대본 수정이라도
아니,
마지막 장면만이라도 의논할 수 있다면
그렇게
그저 조금이라도 다듬을 수 있다면
꼭,
해피엔딩은 아니더라도……

그런 나이에는······

음식만으로는 채워지지 않는 허기가 있다는 것을
아무리 크게 몰아쉬어도
산소만으로는 가슴 속의 답답함이 해소되지 않는다는
것을
멍하니 앉아 있는 시간이 많아지는 나이에는 알게 된
다.

상대의 침묵이 동의를 뜻하는 것만은 아니며
먼저 사과하는 것이 반드시 잘못을 인정하는 것은 아
니라는 것을
입으로만 소리 내던 말들의 참뜻을
마음으로 곱씹으며 쓸쓸한 미소를 짓는 나이에는 알게
된다.

하늘의 뜻이 아닌 이유로
하나 둘 잃어가는 벗들의 수를 더 이상은 헤아리지 않
는 이유와
현명한 선택이라 자위하며 먼저 포기해 버리고 마는
비겁한 진짜 이유를

　선물이 필요하지 않은 우정이 간절해지는 나이에는 알게
된다.
　이렇게
　뭔가가 계속 알아지는 나이에는
　옳고 그름의 구분이 점점 불확실해지는 나이에는
　전에 없던 초조감으로
　이미 가속도가 붙은 시계를
　자꾸만 들여다보게 된다.

황인락

작은 씨앗 하나가
바깥 그리움을 싹 띄우며
땅을 밀고 올라오는
열열이면서도 강한 힘,
밖으로 나온 떡잎은
뿌리로 빨아올린
물과 공기와 햇살로
무한한 에너지를
만드는 공장이듯,
나도 앞으로는 지금보다
더 좋은 글로 독자들의 사랑을
받고 싶으며 저의 좋은 글이
나올 수 있도록 독자들께서
기다리고 격려해주신다면
나는 연인 같은 모습으로
독자들 곁으로 다가가고 싶다.

감

어린 계집아이들이
새파란 엉덩이랑
작은 배꼽 내놓고
까불며 놀던 개구쟁이들이
어느새 모두가 부끄러운 얼굴

나무에서는 과일이지만
따는 순간 과일이 아니다
바라볼 때는 과일이지만
만지는 순간 과일이 아니다
그것은 여자의 젖가슴이다

이빨로 구멍을 뚫어
힘차게 빨았을 때
목 안으로 흐르는 수액은
바로 어머니의 젖맛
놓치기 싫은 젖줄

당신을 보내던 날·1
—1996년 6월 1일

삼십년 병고로
시달려 온 삶
한줌의 재가 되어
떠나는 당신에게
아무것도 줄 게 없어
눈물로 보냅니다

낭랑하던 그 목소리
상냥하던 그 모습은
이제 어디에서 다시 만날까

지금 조심스레
당신의 분골을
초록 짙은 잔디에
내 마음도 함께 뿌리니
무덤이 없다고 너무 슬퍼하지 마오

당신을 안아 묻은
이 가슴은

당신 영혼 쉬게 될
무덤이라오

뿌리의 뿔

숨죽여 웅크린 맹수 같이
느닷없이 튀어나온 너,
본능적 굶주림을 채우려고,
몰입하는 너

어둠의 문안으로
달려들었던 너는
지축을 흔드는
마그마 같이 요동치다가
순간을 정지시킨 정막 속에서
확장된 혈관을 타고 뜨겁게 흐르는 강한 전율로
멈출 수 없는 욕구의 분출은
비워서 채워지는 습성 때문에
끝내 너는
흰 피를 토하고 쓰러져
네 몸도 못 가누는 초라한 몰골

그러나 너는
꺼지지 않는

생명의 불꽃으로
연약한 여자를
강인한 어머니로
태어나게 한다

새 한 마리

한순간 날개를 접은
새 한 마리
씨앗으로 뿌려진 넋은
긴 겨울 봄 여름 지나
가을에 피어난 꽃

평소에 하던 말이
유언이 되어버린
아들의 뜻을 따라
꺼져 가는 다섯 생명에게
장기 기증으로
새 희망을 주신 어머니

이들이 한 자리에
만나는 순간
한없이 흘러내리는
깊은 감사의 눈물
뜨겁게 이어지는 포옹

추락의 바닥에서
힘찬 날개 짓을
다시 할 수 있도록
이웃을 내 몸처럼
사랑하는 실천에
콧날이 시큰해지고
눈이 아리게 가슴 찡하다

* 2004년 12월말 뇌출혈로 뇌사한 아들의 어머니가 평소에 하던 아들
의 말대로 그의 장기를 기증하여 다섯 사람에게 새 삶을 주신 어머니
와 장기 이식자 다섯 명이 한자리에서 만나는 것이 SBS 저녁 여덟시
뉴스에 보도되었다.

산딸기

누구에게 들킬까
뛰는 가슴 조이며
설악산 기슭에
남몰래 숨어

작은 그 얼굴
잎새로 가리우고
새맑은 아침 햇살
눈부시어 피하더니

산새들의 노래 소리
몰래 듣는 그 모습
솔바람 불어와
무슨 말을 전했기에

그토록 놀란 표정
감추려고 애써도
주홍빛 물들은
부끄러운 네 얼굴

김북자

나는 시 창작을 배우면서 글의 소재를 선택 하는데 주로 어머니를 택했고
어머니의 희생 하신 모습을 시폭에 그렸다
그리고 내 아우의 모습을 그리워하며 또는 나의 동심을 회상하며
비록 어린 시절부터 시각장애를 갖고 살았지만
시각과 관계없이 나도 할 수 있는 것을 발견할 때는
마음이 그렇게 기쁠 수가 없었다.

빨간 능금의 추억

곱게 물든 낙엽들 갈바람 타고 때르르 뒹구는 계절
빨간 능금 주렁주렁 열리는 늦가을 꽃동에 나서는 어
머니
사랑 담긴 손길로 살살 어루만져 주어
반들반들 윤기 흐린 능금
광주리에 차곡차곡 쌓아 놓고 앉아
한 개 두 개 한 줄 두 줄
사라져 가는 모습 바라보는 어머니의 얼굴은
환한 미소 속에 잔주름이 하나 둘 깊어져 가고
그런 가울 밤 달 방석 깔릴 때
한 아름 품에 안고 귀가하시어
어머님이 나눠 주신 빨간 능금
옷깃에 싹싹 문지르면
붉은 얼굴 수줍음 타며 더욱 빨개져
어여뻐서 한 입 깨물어 주고파
대청마루에 둘러 앉아 도란도란거리며
나눠먹던 새콤달콤한 맛
빨간 능금의 추억 그리워지네

소리 없는 세상

소리 없는 세상은
나를 외롭게 하고
내 곁에 있는 것들을 쓸쓸하게 하여
나를 슬프게 하네

푸르른 천공에서 마음껏 자유를 펼치는
아름다운 새들의 노랫소리와
사랑이 오가는 정겨운 음율과 한께 하는 순간은
언제나 행복이 넘치는 소리며
이 마음 또한 행복으로 가득 차 오르지만

소리 없는 세상은
나를 두려움 속에 잠기게 하여
마음을 적막한 어둠 속에 가두려 하니

소리 없는 세상은
기쁨도 즐거움도
나를 떠나게 하네

당신을 그려 봅니다.

당신은 나를 기억하고 있나요
나는 가끔씩 당신의 얼굴을 눈앞에 그려봅니다.

당신은 나의 모습
지금도 잊지 않으셨나요

나는 당신의 모습
이젠 아지랑이가 피어오르듯
안개 속 저 멀리 보이는 산봉우리를 보는 듯
아련히 스쳐갑니다.

당신은 나를 어디까지 아시고 떠나셨나요
나 어릴 적에 당신을 만나기 위해
하얀 눈길을 따라 걷는 나그네 개나리 봇짐 되어
당신이 있는 휴양가에서 우리는 만났었죠

그때
당신은 내게 얘기했었죠
모든 것 근심스러운 듯

어린 나에게 도란도란 얘기했었지요

그런데
당신은 뭐가 그리도 미웠었나요
세상살이가 당신을 얼마나 괴롭혔기에
사랑하는 사람을 저버릴 수밖에 없었나요

당신이 사랑하던 꽃들은
봉오리를 어찌 피우라고
그토록 냉정하게 떠나셨나요

나 이젠 당신의 모습 가물가물해졌지만
때로는 당신의 얼굴이 그리워집니다

당신이 곁에 있어 감싸주었더라면
한 송이 꽃도 한 마리 새도
탐스런 날개를 펼치고 천공을 날 수 있었으련만

당신이 사랑하던 꽃과 사랑하던 새를

냉정히 떨쳐 버렸기에

한 송이 꽃은
봉오리를 피워 보지도 못한 채
꽃잎은 메마른 잎이 되어 소리 없이 눈물 흘리고

한 마리 새는
천공을 날기 위해 날개를 펼치려다
힘없이 추락 하고 말았지요

당신을 찾아 내생에서 만나면
당신의 사랑 듬뿍듬뿍 머금어서
천공을 힘차게 날아 보겠노라고

한 마리 새는
당신의 영혼을 찾아서
하늘로 하늘로 날개를 펼쳤답니다.

자비로운 얼굴

인간들은 나를 좋아한다
새댁이 꿈속에서 나를 안으면
태몽을 꾸었다며 좋아하고
날품 파는 아저씨 꿈길에서 나를 만나면
행운이 온다며 로또복권 긁기에 두 눈 휘둥그레졌다가
허탈한 마음 달래려 불판에 내 몸을 꼬슬리느라 정신
없다
앙증맞은 아이들은 고사리 손으로 나의 빈속을 채워 주
려고
날마다 동전을 넣어 주며 나와 친해지면서 애쓴다
예전엔 흔히 우람한 사내아이들은 이 별명을 가졌었는데
요즘 신세대 엄마들은 미간을 찌푸리며 싫어할 것이다
비만을 뜻하는 말이기 때문에 싫어할 수밖에.
그러나 나
어렸을 땐 탐스럽고 예쁜 몸이었다
하지만 인간이 통통해지길 원하며 사료를 먹이고
그것도 모자라서 한약제로 영양보충까지 시킨다
포동포동 살이 올랐다 싶으면 융자금 학자금 마련을
위해

장에 내다 판다
도살장에 끌려가는 이 마음 인간이 원망스럽고
태어난 것이 원망스러워 닭똥 같은 눈물을 흘리며 트
럭에
실려 떠나간다
한 생명으로 태어나 죽어서도 인간을 위해 희생 한다
메뉴별로 몸통은 분리 되어도 내 얼굴은 두 귀를 쫑긋
세우고
좌판 위에서 언제나 너그러이 환한 미소를 짓고 있다
그러면 인간들은 내 입에 파란 욕망을 물려주며 내 입
을 막는다
부자 되게 해 달라고
내 입이 터지도록 물리고 또 물려준다
인간들아 그것은 욕심이다
탐욕에서 벗어나라
그리하여 나처럼 너그러워져라
가장 더럽다고 혀 끌끌 차는 곳에
깨끗한 사회 더 나아가 깨끗한 나라가 있지 않은가

의자

어느 곳에 있든 내 것이 될 수도 있고
타인의 것이 되기도 한다.
땀 흘린 보람 앞엔 명예가 따르고
한순간에 모든 것 내 것인 듯
온몸에 힘을 주게 하고
황금의 자리 되기까지
나를 숨 가쁘게 밀고 당기며
때로는 포근한 안식처가 돼 주어
내 마음 다독거려 주며
인생의 비탈길 빙글빙글 회전한다.

조승현

결국 나는 자유를 얻었다. 보이지 않아도 시간은 끊임없이 흐르며
주위 모든 것이 변화되는 가운데
항상 무언가에 속박 된 것 같이 짜증스러운 시간이 불만이었다.
마누라가 곁에 있으면 행복할까 일찌감치 장가라고 들어 보았지만 그것도
좀 지나니 시시하고 어영부영 자식새끼 낳고
시간에 끌려 다니다 보니 점점 멍에는 무거워지기만 하고
반복되는 번뇌와 절망 속에서 구름같이 떠돌다가 다시 좌절하고
삶의 굴레를 훌훌 벗어던지기 전에는
슬픔이나 깔고 앉아 뭉개야만 하는 것이 인생인 줄 알았던 터!
아하! 나는 지금, 그렇게 갈망하던 것을 찾았다.
꽃이 피면 지는 것이 순리인 것처럼 태양이 동쪽에서 떠서 서쪽으로 지는
것만큼이나 확실한 행복한 고민 속에 시간과 공간을 헤엄치는 걸 알게
되었다. 지금까지 왜 내가 이 신의 선물을 몰랐을까 후회스럽다.
한없는 시간 속을 마음대로 싸다니며 누구와도 이야기 할 수 있는,
그렇다 시간과 공간과 그 모든 것을 넘나들며 마음대로 풀어 놓을 수 있는 한
줄의 글, 나는 오늘에서야 진정한 자유를 얻었다.
60세에 나이 탓으로 점점 쪼그라드는 육신을 벗어나서
훨훨 날 수 있는 자유!

달 뜬다! 엄마 같은 달

달 달 하얗고 둥근 달이
엄마 같이 웃는다
창문에 걸터앉아 온 방안을 하얗게 비추며
하얀 미소를 보낸다
달 같이 둥근 쟁반 위에
과일을 예쁘게 깎아 담아
달 같이 환하게 웃으며 들어오는 울 엄마 같은 달,
방문을 빼꼼이 열고
'야 뭐 하니'
감추고 싶은 것조차 보려는 엄마 같이 온 방안을 하얗
게 비춘다
공연히 심술이 나서 커튼을 홱 닫지만
그래도 엄마 같은 달은 사랑의 빛을 쏟는다
잔잔한 미소를 머금은 울 엄마 같이
커튼 위에 둥글고 하얀 달 그림자는 말 한다
'나는 너를 사랑해'

할머니의 사과

설 전날 어둑한 시장 모퉁이에
쪼그리고 앉아 몹시 추워 보이는 허리 구부정한 할머
니!
작고 말라서 먹음직한데 없어 보이는 할머니 닮은 사
과 두어 무더기
아무도 할머니에게 눈길을 주지 않는다.
사과는 작아도 10개나 되는데
집에서 나올 적에도 저기 그렇게 쪼그리고 앉아 있었
다.
점심은 먹었을까
저녁도 굶고 있는지 기운이 없어 보인다.
맛이야 없어 보이지만
할머니의 배고픔을 사자
사과 두 무더기를 봉투에 들고 보니 꽤나 무겁다.
먹지도 못할 걸 사왔다구
무거운 만큼 마누라의 잔소리는 길어지겠지
사과를 대충 씻어 한 입 베어 무니
사과 맛 좋기만 하다.

사과가 아니라 기쁨을 먹었다.
할머니가 파는 고단함이 묻어있는 기쁨 .
입이 째질 만큼 사과를 넣고 씹으니
정말 맛이 참 좋다.

겨울의 아픈 꿈

올해도 어김없이 사과는 붉게 익었다.
가슴 깊이 숨었던 그때 기억이 눈물이 핑 돌게 한다.
겨울바람은 가슴 까지 바삭거리게 부는데
굶주린 아이가 보채고 울어도
아이에게 아무 것도 주지 못 한 어미는
배고픔에 우는 아기 품에 안고
우는 아이 따라 같이 울며
자장자장 아가야 착한 아기 잘도 잔다 달래본들
주린 배가 나아질 리는 없었겠지
잠인들 올까
지아비가 무어라도 손에 들고 오길 고대하였겠지만
해는 벌써 전에 서녘으로 넘어 갔고
겨울 밤 바람이 부는 대로 삐꺽이는 허름한 문소리에
아기와 어미는 울다 멈추고 문 쪽을 보지만
겨울바람 타고 메마른 낙엽만 나른다.
주린 배를 안고 아기는 지쳐 잠들고
슬픔 안은 어미 깜빡 잠든 사이
허름한 종이 봉지에 작고 빠알간 사과 세알 손에 든 지
아비

자는 어미 깰세라
어미 꼭 빼닮은 아기 깰세라
초저녁 친구 따라 마신 한잔 술 깰세라
뭉클 치미는 슬픈 덩어리 가슴 아래로 누르고
눈을 감아도 흐르는 눈물 감추며
어미 쏘옥 빼 닮은 아기를 바라보다
슬픈 아기 어미 곁에 살며시 눕는다.

낡은 의자

내가 널 버리지 못함은
평퍼짐한 엉덩이 꽈악 차게 앉아
물 말아 가득 떠올린 밥술을 입안에 퍼 넣고
마실 갔다 문에 들어 선 나를 힐끗 보며
이제 오는 거야 밥 먹을래?
바로 그 귀여운 End뚱이 마누라 생각이 묻어 있음이
다!
사랑하는 그의 그 모습 속에는……
어릴 적 아주 어릴 적 ……
지금 가고 없는 내 어미가 그랬던 그 모습이니
오늘 텅 빈 채 혼자 나를 맞는 널 보매
두 사람 생각이 섞여서 묻어난다
오래 전 어미가 날 남겨두고
다시는 못 오실 곳! 원래 계시던 곳으로 떠난 어미와
밥술 하나 가득 입에 문채 나를 반기던 사랑하는 그가
생각난다
비록 낡긴 했어도
비록 투박하고 못나긴 했어도
거친 구석구석에 어미의 먼 기억이 숨어있고

펑퍼짐하니 나의 사랑
날 지독히 사랑하는 그가 생각난다
그리하여……
내가 널 바라보매
그리움과 눈물과 사랑이 뭉뚱그려 있는
그 기나긴 시간 속으로 인도함이니
내 어찌 널 버릴 수 있으리 사랑함이 지극하지 않으리!

하느님 당신을 기다리며 사랑하며

당신을 사랑하는 이유는
생명 없는 어두운 땅 위에 물 부어
없을 것 같은 생명 주어서 입니다.
질기고 질긴 생명 고달픈 생명 안에
사랑이 피어오르게 하여입니다
저의 간절한 바램은
가슴 저 바닥에 가라앉아있는 사랑이
살아 숨 쉬는 사랑이길 구합니다
당신에게 향한 나의 깊은 사랑은
당신이 그리도 오래 오래 기다림으로 하여
없는 사랑도 있는 사랑으로 있게 하였기 때문입니다
참을 수 없는 것도 참음으로
태고적 시작할 때 주신 그 아름다움을 잃고
아픔과 고통 속에 나락으로 존재 할 수밖에 없지만
그 삶이 내가 원하지도 바라지도 않았던 것을 아시고
메마르고 삭막한 세상 속에
당신은 물을 주고 없는 사랑을 살게 하니
나는 온 몸에 전기에 감전 된 것 같았으니

　그것은 이제서야 당신의 오래 참음과 지독한 사랑과
능력을 알았기 때문입니다
　마침내 저는 당신 앞에 무릎 꿇고 나약함으로 다가가
　항상 그 자리에 계신 그곳으로 가서
　내가 아플 적에
　내가 그리움으로 괴로울 적에
　보이지는 않지만 그 큰 손으로
　나의 눈물과 나의 아픔을 달래주고
　뜨겁게 흐르는 눈물을 닦아주실
　그 오래 참으시고 따듯한 사랑의 약속을 이제야 알았
으니
　그리하여……
　당신을 매일처럼 사랑하게 됩니다
　그리고……
　나의 눈물과 아픔이 섞인 당신을 기다리는 편지를 보
냅니다
　저의 그 아프고 괴롭고 지독히도 외로운 구구절절한
편지를 보냅니다
　비록 지금 당장 이루어지지 않겠지만

어두운 땅 위에 없는 사랑 있게 하듯
반드시 이루어지리라 믿습니다
당신 사랑 합니다.

최인기

눈에는 세 종류에 눈이 있다고 한다.
육신에 눈과 이성에 눈과 시적인 눈 말입니다.
그러나 비록 육신에 눈은 잃었지만 만물에
내면을 볼 수 있는 시적인 눈을 송파했다는 신에 은총
에 감사하고 싶다. 시가 없는 인생이란 마치 오아시스가 없는 사막이
아니겠는가. 각박하고 무정한 사회에서 윤활제와도 같은 시성은 거북 등
영혼에 단비가 아니겠는가
감정적 즉흥적 이기적이 팽배한 돌밭 삶을
옥토로 객토화 되기를 소망해본다. 이와 같이 시심에는
결코 세속 땟국물이 범람치 못할 줄 안다.
이번에 마음들을 엮어보았다.
어딘지 모르게 서툴고 촌아씨의 홍조띤 볼 같은 심정으로 세인 앞에 선을
보이지만 그 속에서 영혼을 살리는 생수가 솟아나기를 기원해 본다.
별바라기여 빛나라 창대하라 더욱 발돋움하기를 돋구어본다.

복둥이 행진

삼대 째에 얻은 늦둥이처럼 애지중지 구름 품에 안고

불면 꺼질세라 너에게서 황금알을 낳는구나

꿈에라도 보면 장땡이 횡재라

세상에 유명한 화가라도 그릴 수 없는 미소 번진다

그 작은 새끼 한 마리 로 새 술에 취한 듯

물이 포도주로 변한 듯

하늘을 붉게 물들이고 심장은 요동친다

복을 빚는 예술의 힘은

혈관을 흐르는 포도 젖술이다

홀연히 해맑은 얼굴엔 자비와 비웃음이 하나로 꼬여지
고

콧구멍에 지폐가 말려져 수도관 되어 쏟아진다

그 앞엔 부른 배를 더 채우려고 제를 올린다

아버지여 저들이 저들에 죄를 모르나이다

저들에 죄를 저들에게 돌리지 마옵소서

세상 끝날까지 꿀꿀대며 너희는 내안에 나는 네 안에 살
리라

꿀꿀꿀 마음속의 노래여

바 다

깊고 깊은 검은 마음이 활짝 열렸구나
그것은 생명을 삼키기도 하지만
때로는 유토피아를 그리는 푸른 수채화다
거기선 화려한 발레리나들의 춤이 아리아 음률타고 흐
른다
어느 샌가 햇살 받은 비단 폭 위에 먹물 쏟아 모두가
하나 되었다
그것엔 금그릇 은그릇 동그릇 질그릇 나무그릇
그 가운데 네가 있고 내가 있다

굴뚝 속

두 도둑이 꺼스름 속에서 한판승 돌리고
관객들은 조롱하고 배꼽 잡는다
승리를 바라지 않고 옷 버릴까 염려 않고
나라여 파란 마음이여
언젠가 파랑새는 희망에 날으리라

봄 나그네

따스한 햇살이 목덜미를 살포시 감싸는 오후에
산책로 변두리 드문히 남겨있는 눈 사이에
방긋 웃는 들국화가 발걸음을 멈추게 했다.
무지개 일곱 빛깔 중 마지막 보랏빛 얼굴이
촌 새아씨 수줍은 듯 살랑인다.
그 앞에 쪼그려 앉았다.
그리고는 귀를 기울여 본다.
무언가 말 하려는 듯 꽃잎 파르르 떤다.
당신은 이 계절에도 어깨는 늘어지고
걸음은 문어다리구려
목은 갈증으로 먼지를 꾸역꾸역이며
두 볼 사이에 시냇물이 애처럽군요
그러지 말고 이곳에서 노래하며 춤추며 주워진 삶을
마음껏 피워 봐요.
헤매지 말고 함께 행복을 피워 보지 않겠수?

순간 내 얼굴이 연보라로 물들었다.

눈깨비

때 묻은 영혼 날린다.
더럽혀진 심장 씻으라고 날린다.
양심보따리 터보이라는 심판의 오재미 쏟아 붓는다.
한 편은 낭만의 고요 다른 한편은 베토벤의 운명곡이
음표 되어 날린다.
그 속에서 작은 질경이가 몸부림친다.

이은숙

나이 40대 중반의 어느 날부터
흐릿해지기 시작한 망막의 저편에서
세상은 내 안에서 오히려 더욱 아름답게 보였습니다.
봄의 꽃망울 터지는 소리
짙어가는 여름의 노래
가을의 구르는 낙엽 따라
어느새 이어 들려오는 겨울 소리들이
눈을 대신하여 늘 귓속을 드나들었고
문득 가슴이 요동칠 때 그 때마다
마음의 노래를 읊어 보면서
절로 행복하여 웃음 지을 수 있었습니다.
미숙한 저의 시 중에서 단 한 편이라도
그 어떤 아픔으로 미소가 사라진 그 누군가에게
조그마한 위안이 될 수 있었으면 좋겠습니다.

가을 바다에 가 보았더니

쪽빛 하늘을 너무 많이 마셨는지
파도는 거품을 물고 와서
백사장에 하얗게 나동그라지고

여름이 숨어 든 모래 길에
십자수만큼 총총하게 수놓아지는
가을 연인들의 이야기들

수평선에 그녀만의 얼굴이 있는지
인어 동상 옆에 선 어느 여인
목덜미가 추워 보인다

내 손의 먹이를 먹는 갈매기는
높은 하늘의 죠나단을
전혀 기억하지 못하는 것일까?

바다를 건져 올린 해녀는
비린내 젖은 가을 바람을 붙잡고
기인 긴 휘파람을 섞어 날린다

간이역

늙수그레한 역장 아줌마가
부연 유리문을 대충 훔치고서
황토길 저 편으로 내동댕이치는
허드레 물줄기마저
커다란 원을 그리다 만다

뻑뻑한 문을 요란스레 밀치며 들어서는
술 취한 남자 손님들에게
괘씸죄는커녕 차표에 덤으로 얹히는
아줌마의 단풍빛 수다

내가 받아 든 기차표는 오후 4시 10분이어도
먼지 분가루칠을 한 벽시계
제 얼굴보다 몇 곱절의 배짱으로
아까서부터 현재 시각은
무조건 11시 42분이란다

두 줄짜리 낡은 형광등은
힘이 부치고 쑤시는지

자꾸 한 쪽 눈을 감았다가 뜨면서도
차표를 놓쳐 더듬거리는 내 손 끝에
기꺼이 내려 와 함께 찾는다

딸라랑 딸라랑 딸라랑

건널목 지나 어슬렁하니 들어 선 기차가
승강문을 열었다가 서늘한 찬 바람에 놀라
빠아아앙!
몸통 한 번
부르르르 떨고 달린다

내 시야에서 흐려지는 저 작은 역
어쩌면 닫힌 그 개찰문 밑에서
미처 탑승하지 못한 단풍잎 하나 쯤
아줌마 역장님의 입술연지처럼
빨갛게 속을 태우고 있을지 몰라.

나목의 사랑

나는 몹시 목이 타는 나무입니다
전혀 가라앉지 않는 지독한 갈증인데
물길을 찾지 못하겠기에
나의 뿌리는 온 땅을 헤짚으며 앓습니다

세상을 향한 것이 아니라면 적어도
누군가를 향해 폭발하고 싶지만
차마 그러지 못하는
내 안에서부터의 찢기는 통증으로
끝내 온몸이 갈라집니다

자양분이 사라진 바싹 마른 나무가 되어
발가벗은 맹숭한 가지로
바람에게조차 흠씬 두둘겨 맞고
몸통이 쩍쩍 갈라진 후에야
문득 따뜻한 시선이
내 몸을 감싸고 있음을 느낍니다

누구의 눈길인지 누구의 온기인지

이제사 알아봅니다
나보다 먼저 더 찢겨져 있던
또 다른 나목입니다
내 가까이에 항상 그 자리에 있었는데 몰랐습니다

자신의 벗은 가지나마
내 바람막이가 되어 기울여 주고
먼저 애써 찾아 낸 물길로
내 뿌리를 잡아끕니다
그 나목의 사랑에 아주 조금씩
내 아픔은 진정되고
내 몸은 서서히 기운을 찾습니다

이제는 미소를 준비하렵니다
내가 이렇게 서 있고
아직은 분명히 베어 지지 않았기에
어쩌면 그 나목에게
작은 기쁨이 되어질 테지요

우산 속 헤이즐럿 커피

마른 플라타너스 잎사귀 같은
우산을 쓰고 가는 더듬이 걸음의 내게
구두 수선방 아저씨가
모닝커피 마시고 가란다

그의 따끈한 마음이
내 손을 지나 발까지 스미고
우산 속 가을은
헤이즐럿 향기로 진해 진다

오소소한 냉기로
소매 끝을 더 내리게 하는
후두둑거리는 빗소리
젖은 채 사람들에게 밟혀서
차마 귓전에 아려 오는
낙엽들의 소스라치는 비명이
지금 이 순간만은
가장 멋스러운 가을 노래임을.

자동차 바퀴에 챠르르륵!
휘감겼다 풀려나는 물소리도
나와 아저씨의 수다에
살짝 끼어들며
뽀오얀 안개꽃으로 피어난다

눈 먼 산행

불암산을 오르노라니
앞을 못 보는 사람이 어떻게
등산을 할 수 있느냐는 목소리들이
내 뒤통수를 찌른다
불암사 스님만이 잘 다녀오라고
독경으로 내 가슴을 토닥인다
여기저기서 새들이 제각기 다른 목청으로 노래해도
내게는 모두 기분 좋은 휘파람새들이다
절벽에서 밧줄을 타고 오르내리다 보니
가장 씩씩한 여군이 된 듯하고
발에 채이는
내 육신보다 더 단단한 저 나무
쓰러져 누워 있는 사연이 궁금하다.
끌어주고 당겨주며 나를 잡고 가는 동행인에게
속사정을 알 리가 없는 어떤 이가
뭘 그렇게 꼭 붙어 다니냐고 한다

정상에 섰다
바람이 불긴 해도 밀칠 사람이 없건만

와락 겁이 나 주저앉는다
팔을 높이 들고 만세를 부르면 근사할 텐데
내 손은 바닥을 더듬어
바위 모서리를 꽉 잡고 있을 뿐이다
바로 머리 위에서
마치 큰 새의 날개짓 소리가 들린다
동행자 말이
길다란 깃대 위에서 나 대신
태극기가 만세를 외치고 있다고 한다

오영란

요즈음 많이 힘든 일들을 당했습니다.
세상사는 일이 다 그렇다지만
너무 큰 시험으로 다가와 태풍처럼, 해일처럼
모든 것을 쓸어가고 흔들어 댔지요.
몸도 마음도 너무 아파 먹지도 자지도 못하고 울었습니다.
비 온 후의 맑게 개인 아침에
더욱 선명하게 예쁜 빛을 내는 꽃처럼
이제는 당신에게 다가가고 싶습니다.
더 예쁘고 사랑스러운 존재로 남고 싶습니다.
우리의 소리를 들어 주세요.
　　　　　　　　　　　　　　　—비 온 후 아침에

나는 당신의 꽃이예요

어젯밤 비를 흠뻑 맞았어요.
출근 길
당신은 오늘도 내게 다가와
환한 미소로 인사하네요.
"목련은 다 떨어졌는데
더 예쁘게 피어났네
고마워"

나는 당신의 개나리 꽃이예요.
나는 당신에게 웃음을
환한 미소를 드리겠어요.
아침마다
아니 하루에도 여러 번
나에게 오세요.

당신과 함께 노래하고 싶어요
저 푸른 하늘과 흰 구름을
저 푸른 바다와 춤추는 파도를
그리고 당신의 영혼을 지으신 그 분을
함께 노래하고 싶어요.

시 험

두려워하지 말아요
물 속이든
물 위이든
우리는 건너야할 강이 있다
지나가야 할 길이 있다

연습 때와 다르다고
예상 밖의 일이라고
놀라지 말라 노여워하지 말라
아하, 그런 일도 있구나
마음을 넓게 가져 보라
즐길 수 있다면 즐겨보라
다만 진실해야 한다.
나, 그리고 그 분 앞에서

하나의 유혹일 수 있다.
무너지고 싶은
포기하고 싶은
어디론가 멀리 떠나 버리고 싶은

숨어버리고 싶은
그런 마음들의 반란 속에서
톡톡 여무는 씨앗이 되어야 한다.

김한길

이름표도 없이 얼굴도 없이
서성이는 당신은 나에게 무엇입니까?

흔들림

순간순간마다 사람들은 풀꽃처럼
흔들립니다.

발자국에 묻어나는 쓸쓸함에도
덧없이 흔들립니다.

묵은 것에 새것을 더해야할
시간에도 허전하여 또 흔들립니다.

강은 무수한 소리의 흔들림
세상에서 애착은 한때의 속절없음

아무도 거들떠보지 않는 돌들도
있어야 할 곳을 찾아 제 몸 뒤척이듯

지우고 비워야 가벼워지는 세상에서
지극히 작은 돌 같은 나로 인하여
흔들릴 세상을 바라봅니다.

✿ 구상 솟대문학 신인상

버팀목

살다 보면 가끔 씩 내 발자국이
나를 뒤 돌아 보게 합니다
까만 의식 저편에 나를 묻고
내 발자국은 또 서둘러 멀어져 갑니다

사는 동안 나를 밀고 들어오는 바람에도
억새처럼 몇 번이나 휘어지고
꺾였던가요

언제 한 번
속에 있는 말 다하지 못하고
가슴 가득 돌덩이로 채운 바위처럼

부르르 한 귀퉁이 떨어져
외로움으로 허공을 구르는데

가장 완벽한 듯 하면서도
쉽게 무너지는 세상에서
늘 뒷자리 모자 꾹 눌러쓰고

이름표도 없이 얼굴도 없이 서성이는
당신은 나에게 무엇입니까?

기울어져 가는 내 한 몸
떠받치는 당신은
나의 버팀목입니다

✖ 대전점자도서관 글 공모전 대상

저수지

둔중하게 가라앉은 수심
일순 밀려드는 고요
사람들은 겉보기에 참 아름답다 말하지만
뚝 넘어 저 넓은 세상으로 한 번 쯤
마음 놓고 흘러가 보았으면

그럴 때마다 속 꾹꾹 참으며
내 안에 나를 가둔다는 것이
가혹한 형벌이라는 것을
사람들은 알까?

슬프고 기쁜 얼굴들 물속에 비추어 보며
누군가 던지고 간 돌멩이 명치끝 싸하다

함께 있으면서 홀로 있다는 것
쉽게 잠들지 못하고 찰싹찰싹
몸 부딪혀 홀로 깨어나야 한다는 것을
알았을 땐

누군가에게 기대고 싶고
보듬어 줄 어떤 이에게로
스멀스멀 물안개로 촉촉이
다가가고 싶어진다

늘 가까이 있으면서
멀리 있는 하늘처럼

❀ 안문희 문학상 대상

수상작품모음

다랑논

강춘석

1. 봄바람

바람이 간지럽혀 바알개진 능금꽃
외투 벗어 던지고 달려든 호랑나비
햇님이 윙크해주고 구름발을 내린다

쟁기질 하다말고 뽕밭을 넘겨보네
덜 익은 오디라도 풋내는 가시였고
서늘한 눈매보다도 깊이 파인 볼우물

보리밭 매러가며 엿보인 비단속옷
피살이 하다말고 장군 메고 달음질
올 농사 망쳐버리면 가시버시 꿈인데

2. 찬우물

꼴망태 채워놓고 헤집은 덤불 속에
무르익은 산딸기를 지키는 무당거미
검불을 걷어버리고 타는 목을 축인다

세벌 김 마친 논에 실팍한 장잎 줄잎
칠나무 걷어오고 퇴비도 해야하니
보리밥 훌훌 말아서 풋고추로 때운다

모기불 연기보다 알싸한 손칼국수
작두물 덮어쓰고 멍석에 벌렁 누워
옷고름 풀어 발기고 꼬옥 쥔 붉은 보석

3. 가을걷이

새참 낸 광주리에 보리동 들국화꽃
밤까시 태우다가 콩사리로 기운 해
새각시 종종 걸음을 땅거미가 앞선다

메뚜기 업고 논다 달아오른 잠자리
나락단 바라보던 황소의 느린 하품
노을이 비운 하늘로 저녁 연기 오른다

핑그렁 달랑달랑 달구지 삐걱대고

얼씨구 이놈의 소 어디로 이랴이랴
내걸린 등불 받아서 우뚝 솟은 낟가리

4. 섣달

장작 패다가 관솔은 밝아놓고
김장독 깊이 묻어 짚으로 가리하며
지붕에 이엉 올리니 눈보라도 비킨다

밑술 익는 내음에 대 엮어 용수 받고
콩갈아 두부하며 가래떡 어슷 썰고
고뿔도 들지 못하게 문풍지도 해야지

까치밥 남겨놓고 홍시는 나락광에
엿 고아 튀밥강정 화로에 밤도 굽고
손주들 들이 닥치면 무엇부터 먹인담

✂ 전국 장애인 문예작품 시부문 차상 수상작품
(한국 현대 시인협회2003년12월19일)

서동요

강춘석

서각통 맨 어깨에 굳은살이 박히고
동네안 길 샅샅이 개똥도 모았는데
요강을 엎은 자리도 호박모종 내야지

서릿발 먹은 보리 자욱자욱 디디소
동창이 밝기 전에 질매 지워 거름내고
요지경 쏙 뺀 봄날에 꽃놀이를 모를까

서울로 공부 보낸 아들도 성공했고
동기간 우애 있지 떡두꺼비 안겼지
요번에 오는 손님도 맏며느리 공일세

서두를라 마시고 참살이로 가꾸세
동절에 남새 기를 온상은 바삐 하소
요령을 피우실랑가 제 자식 멕일 건디

❈ 전국삼행시 현상공모 차하 수상작

부 화

정 혜 선

막내야,
나, 사진 본다?
네 입이 삐죽 나온 사진,
이 날은 너 아홉 살이던 봄 어느 휴일이었지
공부벌레 큰 오빠와 천재인 다섯째와 내가
남대문시장 가려고 막 나오는데
부화장에서 엄마와 올라오시던 아버지,
"쟈들 사진 한 장 찍어 주지."
"기왕이면 여섯 다 찍어 줍시다."

기타맨 작은오빠와 바리톤 넷째가 나오고
향나무 집 근처에서 신나게 딱지 따던 네가
울며불며 강제소집 당해 왔지
긴 일자 나무걸상에
천재, 너, 나, 기타맨이 앉고
공부벌레와 바리톤은 뒤에 서고
"웃어요, 웃어요." 해서 다 웃었는데
너만 웃지 않았지

그랬었던 네가, 재현중·고등학교 교정에서
하얀 국화송이에 묻혀 들어 높임 받고 있을 때
사월의 하늘은, 품에 날아 든 구름 한 점 않고
잔잔한 감동으로 파랗게 내려 보고 있었고
그 하늘과 마음을 함께 하던 수많은 생각들은
조사 하는 학생대표 신영옥의 목 멘 흐느낌에서
교통사고로 스물여섯 살의 젊음이 누웠는, 슬픈
현실임을 비로소 깨달았지

학교 화단에 주목 한 그루 심으신 아버지도 어머니도
만날 수 없는 그리움이 되신지 이미 오래고
땅 위 어데도 없는 여럿 얼굴 중
내가 유독 널 더 그리워함은
널 대신 할 또 다른 얼굴이 세상엔 없기 때문이지
넌, 총각 선생이었으니까,
지금은 기타맨과 천재, 그리고 메주인 나만 남아
캄캄한 부화기속 수반 위에서, 오직
부화만을 기다리며 잠잠한 알들처럼 있단다

종수야,
누나 사진 본다?
별명이 곧 이름이던 노량진부화장집 육남매가
"웃어요, 웃어요." 해서 다 웃었는데
너만 웃지 않은 사진.

✂ 2003 전국장애인근로자문화제 장려상 수상작품

가로등

이준표

인적 없는 거리에
저 혼자 졸고 있는 가로등
나는 힘겹게 그림자를 끌며
터덜터덜 고갯길을 오른다

이순의 고갯마루엔
지옥에서 끼쳐오는 듯 스산한 바람소리뿐

외가닥 내리막길은
동트기 전의 지독한 어둠으로 쌓인 채
끝이 나겠지

거기 가는 그 내리막길엔
가로등 하나 없고
오르막인 듯 숨은 가쁜데

그래도 가야만 하는 이 길에
가로등이 있으면 더 슬퍼져,

언젠가 동이 트는 새벽이 오리라는
진실 같은 거짓말을 믿으며
그래도 나는
발자국마다 남은 힘을 쏟아 부으리라

✻ 광주 실로암 문학공모 금상 수상작

바위

이준표

푸른 산 높다란 봉우리에
뿌리박힌 듯 앉아있는 큰 바위 하나
햇볕에 그을린 검은 얼굴에
주름살이 지고
개비듬처럼 이끼가 뒤덮여도
무심한 그 모습

아무데도 갈 일 없으니
다리가 있을 리 없고
욕심내어 잡을 것 없으니
팔도 필요 없다
빈 마음 채우려 하지 않으니
번뇌인들 있을까

눈과 귀도 없으나
그저 온 몸으로
바람에 밀려 떠가는 흰구름이나 바라보고
지저귀는 새소리와
도란거리는 계곡의 물소리나 들으면 그만이다

말은 할일 없지만
가끔 하품이나 한번씩 할 수 있도록
입이나 하나 있었으면……

아무런 말이 없어도
그 앞에 서면
그저 먹먹하여 저절로 고개가 숙여지는
큰 바위 하나.

✖ 2003년 전국장애인근로자 문화제 가작상 수상작품

이 세상에서 가장 소중한 나의 아들 누리에게
— 남겨진 우리

신성철

우리 집이 용답동으로 이사를 한 지 1년쯤 지났을 무렵

여태껏 너를 돌보아 주던 이모가 시집을 가고 네 엄마
마저 직장 관계로 자주 집에 오지 못하게 되자 자연 아빠
인 내가 너를 보살피게 되었구나

시각장애인이면서 남자인 내가 어린 너를 돌보며 집안
일을 하자니 여간 힘드는 게 아니었구나

가끔 엄마가 도와주기도 했지만 매번 그렇게 할 수는
없어 혼자 해 보지만

된장찌개는 어떻게 끓이는 건지 .

호박은 어떻게 볶아야 하는지.

간을 맞출 때 어디에 간장을 쓰고 어디에 소금을 써야
하는지

어느 정도를 넣어야 간이 맞는지

알 수가 있어야지.

더군다나 누리가 아직 어리니까 너무 맵거나 짜면 음
식을 먹을 수가 없잖아.

또한 음식을 만들다 보면 자주 도마질을 해야 하는데
오이나 호박 무 감자 같은 것들을 썰다 보면 조심을 한다
고 하지만 손가락을 가끔 다치게 되더라.

시각장애인들은 매사를 손끝으로 파악을 하게 되는데

손가락을 다치면 상처 부분이 물에 닿게 되어 자꾸만 덧나게 되는데 그렇다고 반찬을 만들지 않을 수도 없고

그건 그렇고.

밥을 짓는 일도 반찬 만드는 일도 모두 남이 안보는 집안에서만 하는 일이니까 서툴든 말든 어떻게 해 나가겠는데 .

문제는 시장에 가서 반찬거리를 사 오는 일이야.

나로서는 처음 해보는 살림이라 무엇을 얼마만큼 사 와야 하는지

또한 사 와서는 어떻게 조리를 하는 것인지 알 수가 있어야지.

그것도 문제지만 아빠 혼자 지팡이를 짚고 장을 보아 오는 일도 보통 일이 아니었어.

어디에 무엇이 있는지 그렇다고 일일이 콩나물 어디 있어요 감자 어디 있어요 하며 시장을 헤매기는 더더욱 못할 일이었단다.

혼자 시장을 다니다 보면 가게 안에 있는 물건들은 괜찮은데 노점상 아줌마들이 길가에 물건들을 늘어놓고 있으니까 내가 지팡이로 물건들을 건드리기도 하고 어떤 때는 늘어놓은 물건들을 밟기라도 할 때면,

아저씨가 내 물건 다 망쳐 놨다 이걸 어째, 하며 야단을 할 때면 미안하기도 하고

그럴 때마다 일일이 물어 줄 수도 없고 난감한 적이 한 두 번이 아니었어……

이래서는 안 되겠다.

무슨 방법이 없을까?

밖에 나갈 때 어린 너를 혼자 집에 두는 것도 걱정스럽고 나 혼자 지팡이를 짚고 다니는 것도 불편하고 해서

가만 생각해 보니 지팡이는 눈이 없지만 누리는 어리기는 하지만 눈이 있으니까 지팡이보다야 낫겠지?

하고 누리의 손을 잡고 천천히 나가 보았더니 최소한 어디에 부딪히거나 길가의 물건들을 밟아 민망한 일을 당하는 일은 없게 되었단다.

이럭저럭 먹는 문제는 해결되었는데 이제부터는 누리를 심심하지 않게 데리고 노는 일이 또 큰일이더구나.

방안에 둘이 있으면 어린아이들은 누구나 마찬가지겠지만 어깨 위에도 올라오고 무릎에도 올라앉고 무등도 태워주고 말도 태워주고 하는 일이 너무 힘들어 장난감 자동차를 사다가 태워 주기도 하고 로버트 조립하기 총놀이 블럭쌓기도 하다가 그것도 오래 하다 보니 실증이 나서

이번에는 문방구에 가서 장난감 야구공이나 풍선을 사다가 야구 놀이, 풍선 놀이를 하니까 얼마나, 재미있어하는지 .

어떤 때는 야구 놀이를 하다가 공을 친다는 게 방망이

로 내 머리를 치는 거야 플라스틱 방망이길 망정이지 만
약 나무 방망이였다면 아마 내 머리는 누리가 휘두르는
　방망이에 맞아 터져도 몇 번이나 터졌을 거야.

　나들이하기
　어느덧 겨울이 지나고 그 동안 꼭 꼭 닫아 두었던 창
문도 활 짝 열어젖히고—
　TV나 라디오에서는　 어디 어디에 개나리꽃이 핀다느
니 벚꽃 축제가 열린다느니 봄소식을 전하느라 한창인
데,
　누리야.
　우리라고 방안에서 로버트나 공 따위만 가지고 놀아서
야 되겠느냐?
　이제부터 우리도 밖에 나가 봄을 느껴 봐야지
　처음에는 다섯 살배기인 너를 데리고 앞 못 보는 내가
밖에 나가자니 좀 두렵고 어색하기도 해서 멀리는 못 가
고 그냥 동네 안에서만 뱅뱅 도는 거야.
　한 골목 지나고 두 골목 지나 시장도 한바퀴 돌아보다
가 조금 익숙해진 다음에는
　기지 창고에도 가보고 뚝방에 올라가 잔디밭에 앉아
풀을 뜯으며 꽃잎도 나뭇잎도 만지며.
　이건 개나리야.
　이건 진달래야.

이건 시계꽃.

이건 소나무.

이건 느티나무.

아빠 이거는?

하며 내가 모르는 꽃 한 송이를 따 와서 만지게 해주기
에,

이거 몰라.

몰라꽃?

아니 꽃 이름이 무엇인지 모르겠다고,

하며 시계 꽃을 꺾어 시계를 만들어 아이의 손목에 채
워주고

좀 긴 것을 골라 목걸이를 만들어 목에 걸어주기도 하
며 그러다가 싫증이 나면 놀이터로 가서

함께 시소도 타고 그네도 태워주며 회전판에 올려놓고
돌려주기도 했지.

그러다 보니까 한 가지 생각이 나는구나.

언젠가 도깨비 잡으러 가든 일 말이야.

늦은 봄이었던가 이른 여름이었던가 저녁을 먹고 뚝방
에 나가 앉아 도깨비 이야기를 해 주었더니,

아빠 우리 도깨비 잡으러 가자 하기에,

도깨비는 무서워서 못 잡아.

그래도 가자 아빠 도깨비 잡으러 가자하 며 하도 조르
기에,

그럼 너 도깨비한테 잡혀 먹히면 어떻게 할래?

아니야 아빠도 있고 나도 힘이 쎄.

후레시맨보다 마스크맨보다 내가 더 힘이 쎄 .

그래 알았어 그럼 가보자

하곤 문방구에 가서 200원인가 300원인가를 주고 플라스틱 도깨비 방망이 하나를 사서는 도깨비를 잡으려 하지만 도깨비가 어디 있어야지.

할 수 없이 너를 데리고 철길 담장 옆 좀 인적이 뜸하고 으슥한 곳을 찾아

방망이를 휘두르며

도깨비 나와라 도깨비 나와라

도깨비 이놈 어디 있어 빨리 나와라.

하며 놀던 일이 생각나는구나.

둘만의 나들이가 익숙해지면서 큰길에도 나가보고 버스를 타고

어린이대공원에도 가고 지하철에서 코끼리 차로 바꿔 타며

서울대공원 서울랜드 현대 미술관 용산에 있는 가족공원 국립묘지 사육신묘 낙성대 63빌딩 코엑스 등 어디 가보지 않은 곳이 있느냐?

그 외에도 한강에서 유람선도 타고 보트도 타고 자전거 타기 연 날리기 부메랑을 던지며 놀다가 세종문화회관에도 가서 연극이나 뮤지컬 구경하기.

그야말로 너는 나의 눈이 되고 나는 너의 버팀목이 되
어 서울 바닥이 우리 집 마당인양 돌아다니다가 그도 모
자라 가까운데 있는 인왕산이며 관악산 도봉산에서 멀리
지리산 설악산 팔공산 주왕산 계룡산을 비롯해 판문
점에서 한라산까지
　이름난 곳이면 가보지 않은 곳이 없었구나.
　그러고 다니자니 말도 많고 탈도 많았지.
　속리산 문장대를 오를 때나 계룡산 남매바위를 가다가
길이 너무 험해
　내가 넘어지면 너도 함께 넘어지는 거야.
　둘이서 손을 잡고 가다가 돌부리에라도 걸려 내가 넘
어지면 너는 아직 어리니까
　힘이 없어 너도 함께 넘어지게 되더라.
　어려움이 어디 그뿐이랴?
　어디를 가야 하는데 버스 번호를 빨리빨리 못 보니까
안 그래도 늦게 오는 시내버스를 몇 대씩이나 놓치고 발
을 동동 굴리던 일 하며 환경미화원 아저씨에게 길을 묻
다가
　바쁜데 왜 지랄이야 하는 바람에 그만 내가 화가 나서
　길 좀 묻는데 그게 뭐야 하며 멱살을 쥐고 싸우던 일.
　네가 어리고 내가 앞을 못 본다는 이유로 어려움을 당
했던 적이
　한두 번이었더냐?

언젠가는 한강 수영장에 가서 수영을 하다가 또는 여
의도 광장에서 자전거를 타다가 네가 아빠 있는 곳을 몰
라 울면서 한두 시간씩 아빠를 찾아다니고

나는 제 아이를 잃어버렸는데도 눈이 안 보이는 탓에
찾아다니지도 못하고

네가 올 때까지 애를 태우며 창자가 끊어지는 아픔을
견디며 기다리다가

이윽고 너를 만났을 땐 얼마나 기뻤든지 둘이서 한참
이나 부둥켜 안았었지.

그렇게 둘이서 서울 시내를 또한 전국 방방곡곡을 다
니며 겪었던 어려움이 그뿐이었겠나 그걸 일일이 이야기
하자면 끝도 한도 없겠다.

그러나 꼭 어려운 일만 있었던 것은 아니었어.

가끔은 재미있고 즐거운 일도 있었단다.

그 중에서도 한강고수부지나 남산에 가서 비둘기들과
같이 놀 때는 정말 재미있었지.

콩이나 밀, 뻥튀기 같은 것들을 사서 비둘기가 많이 모
여 있는 곳을 찾아가

손바닥에 얹고 가만히 앉아 있으면 톡톡톡 처음에는
한두 마리가 와서 쪼아 먹다가 토독 토독 토독토독 저들
도 안심이 되는지 수십 마리가 한꺼번에 몰려오고

모이가 떨어지면 머리에도 어깨에도 앉고 다시 모이를
주면 톡톡톡 하며

손바닥을 쪼는 감촉이 꽤 재미있더구나.

그러다가 누리가 비둘기를 한 마리 잡으려고 하면 비둘기는 요만큼 날아가고 다시

잡으려고 하면 저만큼 날아가고 급기야는 누리와 비둘기가

잡고 도망가고 뛰고

나르며 마치 한편의 동화를 보고 있는 듯하기도 했단다.

누리와 공부하기

누리야.

이젠 우리 같이 공부하던 이야기를 좀 해 볼까?

먼저 그림 공부하던 이야기를 해 볼게.

자동차랑 로버트 같은 장난감을 가지고 놀다가 가끔 그림책을 사 와서 그림 공부를 하려고 하지만 내가 어떻게 가르쳐 줄 수가 있어야지

어떤 것이 사과인지 어떤 것이 바나나인지 이것이 호랑이인지 사자인지 눈을 못 보니까 참으로 그때만큼 답답한 적이 없더구나.

그렇다고 체념하고 내버려 둘 수도 없고

무슨 방법이 있기는 해야 할 텐데.

생각 끝에 한 가지 좋은 방법이 떠오르더구나.

그림에다가 점자를 써서 붙이는 거야.

옛 말에 이빨이 없으면 잇몸으로 산다고.

궁하면 통한다 듯이.

막막한 가운데에서도 잘 생각해 보면 좋은 방법은 얼마든지 있더군.

얼른 문방구에 가서 모텍스를 사 왔지.

그리고는 사람들에게 그림책과 모텍스를 가지고 가서는 하나하나 물어가며 점자를 찍어서

호랑이 옆에는 호랑이라고 점자로 적은 것을 붙이고 코알라 옆에는 또 코알라라고 쓴 것을 붙이고 바나나 사슴 기린 여우 하나하나 붙이기를 마치니까

드디어 내가 알 수 있는 한 권의 그림책이 완성되더구나.

너를 앞에 앉히고 이거는 호랑이 이거는 사자 사과 토마토 여우 얼룩말 낙타 타조 한 가지씩 한 가지씩 가르치다 보니 아주 재미도 있고

네가 틀리면 사자 아니야 호랑이야 이건 잠자리 이건 나비.

이렇게 그림 공부를 시작했단다.

그런데 문제는 또 생기더군.

힘들여 만들어놓은 접자 그림책을 누리 네가 혼자 보면서 자꾸만 손톱으로

점자로 적어 놓은 모텍스를 떼어 내는 거야.

이렇게 답답할 수가?

사람들한테 구걸을 하다시피 해서 겨우 만들어 놓은 것인데.

큰 아이가 그러면 야단이라도 치지만 젖먹이 아이가 하는 짓이니.

귀찮은 일이지만 도리가 있나.

다시 물어서 또 점자로 붙이고 떼어내면 또 붙이고 그렇게 그렇게 어렵게

그림 공부를 했단다.

글씨 공부하기

누리야.

미안하지만 너는 다른 아이들보다 글씨를 좀 빨리 배워야 했어.

왜냐하면 버스 번호도 봐야 하고 길을 가다가 간판도 봐야 하고 또한

집으로 배달되는 각종 우편물들을 읽어야하니까 말이야.

너도 겪었다시피 우리가 글을 못 읽으니까 얼마나 불편했느냐.

타야 할 버스가 오면 바로 타야 하는데 번호를 빨리 빨리 못 보니까

몇 대씩이나 버스를 그냥 놓쳐버려 다음버스 또 다음버스를 기다리느라 얼마나 애를 태웠느냐

갑자기 비가 올 때면 미처 우산을 준비 못해 잠깐만 맞
으면 될 비를 2, 30분씩이나 비를 맞고 서 있느라 옷은
흠뻑 젖고 한여름에 그 뜨거운 햇볕을 온몸으로 받으며
땀을 흘리고 버스를 기다려야 할 때는 정말 죽을 맛이었
단다.

얼마 전

종로5가에 너의 기침약을 사러 갔을 때도 더운 날씨에
얼마나 고생을 했느냐.

그때도 네가 간판만 볼 수 있었다면 그렇게 고생은 하
지 않아도 되었을 걸.

사람들한테 무슨 약국이 어디예요? 하고 물으면 그냥
저기 저리로 가라

하고 손짓만 해주니까 어린 너로서는 금방 찾기가 쉽
지가 않았잖아.

또한 우리 집으로 배달되는 각종 우편물을 일일이 남
에게

묻는 일이 간단한 일은

아니었어.

그래서 너는 다른 아이들보다 글씨를 빨리 익혀야 했
었고

나 또한 너에게 한글을

빨리 가르치려고 무척 애를 썼단다.

처음에는 문방구에서 글자 모형을 사다가 공부를 했

지. 자 잘 봐라.

동그라미 옆에 이것을 붙이면 아 가 되고 동그라미 옆에 이것을 붙이면 야 가 되는 거야.

이것은 기역 이것은 니은 이렇게 한자 한자 글씨 공부를 하니까 재미도 있고

누리 너도 잘 배우는데 좀 공부를 하다 보면 글자 모형을 하나씩 하나씩 잃어버리는 거야 그렇다고

자꾸만 사올 수도 없는 노릇이고 할 수 없이 나중에는 내 손바닥에 글씨를 쓰도록 했지.

자. 누리야 이리 와서 내 손바닥에 글씨를 써 봐.

아 야 어 여 오 요 우 유 으 이

가 갸 거 겨

나 냐 너 녀

하 햐 허 혀

어머니 아버지 누나 오이 가지 고추 고구마

이제는 받침이 들어가는 글자를 써 보자.

할머니 할아버지 우리 집 마당 호랑이 사슴

작고 가느다란 누리의 손가락으로 내 손바닥에 글씨를 한자 한자 써 나갈 때면 좀

간지럽기도 했지만 그래도 누리가 글씨를 틀리지 않고 하나하나 써 나갈 때면

기특하기도 하고 대견스럽기도 했단다.

누리가 어느 정도 한글을 익히자 이번에는 직접 연필

을 가지고 종이에다

글씨를 쓰게 했단다.

누리야.

이제부터는 아빠 손바닥에 쓰지 말고 종이에다 연필로 글씨를 써라.

아빠가 부르는 대로 써 봐

송아지 송아지 얼룩 송아지

학교 종이 땡 땡 땡

내 이름은 신 누리입니다

이렇게 쓴 종이를 다른 사람에게 보여 보았더니 그냥 웃기만 하는 거야.

왜 그래 왜 웃는 거야?

그랬더니 사람들이 하는 말이.

글씨를 쓰기는 썼는데 똑바로 쓰지를 않고 마치 지렁이가 기어가는 것처럼 꾸불텅꾸불텅하다는 게 아니냐.

그 말을 듣는 순간 나도 모르게 가슴이 덜컹 하며 내가 미처 그것을 생각 못했구나.

한글을 가르치는데만 바빠서 글씨를 깨끗하게 쓰는 거라든가 똑바로 써야 한다는 것을 생각지 못했어.

누리야.

내가 실수를 했구나 실수를 했어.

그러나 어쩌랴 이미 지나버린 일인걸.

아무튼 이 아빠가 누리한테 정말 잘못했다.

네가 두 살 되던 해 뜨거운 물에 너의 팔이 데인 것도 그렇고 지금 네가 글씨를 삐뚤삐뚤하게 쓰는 것도 그렇고 내가 조금만 더 조심을 했거나 깊이 생각을 했더라면

누리한테 이런 잘못된 일은 생기지 않았을 텐데.

그러는 가운데서도 시간은 흘러 봄여름 가을 겨울이 몇 번씩이나 바뀌면서 누리가

유치원을 마치고 초등학교에 입학해 1학년 3학년 5학년 드디어 6학년이 되었다가

이제는 어엿한 중학생이 되었구나.

누리야.

공부를 좀 못하면 어때.

시험 성적이 좀 떨어져도 상관없다.

오직 이 아빠가 누리 너에게 바라는 것은 건강하고 밝게 자라서 내 이웃과 이 사회에 꼭 필요한 사람이 되는 거야.

그리고 항상 너에게 이야기하지만 아홉 사람에게 웃음을 주는 사람이기보다는

한사람의 눈물을 닦아주는 사람이 되었으면 하는 마음이란다.

✖ 2005년 10월 장애인 근로자 영상 문학제 동상

단풍구경

신성철

바람처럼 살아 온
그림 같은 주검 빛
호스피스들의 하얀 손아래 수많은 생명들이 잠들고
남아 있는 목숨들도 안락사를 기다리는데
그 많은 것들을 잠재우려면
얼마나 많은 말과 눈빛들을 준비해야하나

관광버스가 도착하면서
늙은 술병들이 내리고
주름진 담뱃갑들이 내린다

외줄에 매달린 모습이 뭐가 보기 좋다고
꼭 예까지 와야 하나
가을에만 올께 뭐람
화장터를 찾아가면 사시사철 있는 것을

성능 좋은 마이크에 서툰 노랫소리
부서지는 박수소리
화장터의 곡소리

공동묘지의 목탁소리

무심한 바람결에 몇 장 나뭇잎이 또 떨어지고
일기예보에는
오늘밤 다시 호스피스들이 빗방울을 타고 오신다는데
또 얼마나 많은 생명들이 잔약한 외줄을 놓쳐버릴는지

내 가을이 한 번 더 깊어질 때
노을처럼 단풍처럼
그렇게 그렇게 잠들 수 있다면

�֍ 2003년 10월 전국 시각장애인 시 공모전 대상

바퀴 위의 남자

신성철

큰길 건너 시장 입구에 시계수리공 아저씨

그 사람은 한 번도 직립으로 서본 적이 없다
자궁 속에서부터 이미 세상에 바퀴가 있음을 알았기에
두 다리는 전생에 남겨 놓고 와 오늘도 바퀴 위에서 세
상을 바라본다

그에게는 디지털 개념이 없다
평면으로만 출근 해 온종일 아날로그식 시계 속을 바
라보다 퇴근한다

그에게는 수직의 개념도 없다
별, 달, 구름, 모두가 그의 무의식속에는 수평으로 놓
여 있다

세상이 아날로그에서 디지털로 바뀌는 날
수평의 개념마저 잃어버렸다
그래서 그는 잃어버린 수평을 찾아 세상을 다시 아날
로그로 바꾸기 위해 시계 속으로 들어갔다

새와 비행기를 생각하고
이륙과 착륙을 바라본다
나무를 생각하고 덩굴식물을 바라본다

수평과 수직은 각도의 차이
각도만 바꾸면 수직과 수평은 같은 것
다만 바퀴와 날개의 차이일 뿐

그는 다시 시계 속으로 들어가 다음 생에서나 사용할
날개를 꺼내와
　정교하고도 멋진 디지털날개로 수리해 놓았다

오늘도 그는 두 다리 대신 정교하고도 번쩍거리는 두
날개로 각도를 유지하며
　바퀴 위에 앉아 조용히 아날로그식 시계 속을 지켜본다
　가끔은 아주 가끔은
　날개 아래 감추어진 기능올림픽 금메달을 만지작거리
면서

✤ 2004년 10월 대한민국 장애인 문학상 대상

백치가 그리는 시계

신성철

그는 언제나 시계만을 그린다

그의 시계는
제 각각의 다른 눈금과
속도를 잃어버린 시계바늘들이 꿈틀거리며 뒤엉켜 있
다

외계인의 시계일까?
혹 어느 혹성에서 사용하는 달력이 아닐까?
눈길이 해그림자를 쫓다가
연신 창밖 해바라기에게로 옮겨지는 것을 보면
아마 그는 비행접시를 설계하고 있는지도 몰라

빛이 있기 전
혼돈과 공허가 깊음 위에 있어
고여 있는 시간들이 꿈틀거리는데
그만의 시간은
바람처럼 파도처럼 흔들리고 있다

시계속의 그는
어느 작은 별나라로 가
의자를 조금씩 끌어당기며
하루에도 몇 번씩 저녁노을을 바라보고 있다

지금도 그는
저만의 유비쿼터스를 우주공간에 접속해
알 수 없는 은하계의 시간 속으로 들어가
그곳의 트렌드를 읽고 있을지도 모른다.

※ 2006년 10월 장애인 근로 영상 문학제 가작

척촉화*

신성철

사월엔 두견화 오월 척촉화
소쩍새 피를 먹고 피는 꽃인데

지리산 골짜기에 빨갱이처럼
빨치산 순정을 담은 꽃인데

불이야 불
불이야 불
시누이 바람나 미쳐 돌더니
명지바람 불씨 당겨 미쳐 돌더니
앞산 뒷산 아무데나 지른 불이야

건너 마을 노총각을 차마 못 잊어
시누이 불장난에 번진 불이야

명지바람 불지마라 소쩍새 울지 마라
시누이 꽃불에 태워 죽일라

* 척촉화 : 철쭉의 다른 이름이다.

❇ 2004년 9월 전국 근로자 영상 문학제 은상

두루미

황인락

가을걷이 난 들녘에
두루미 떼가 가득,
하얗게 조각진 하늘이
논바닥을 채우며
끼룩끼룩 요란하다

파란 하늘은 저만치
높아 있는데
비워진 땅은
가볍게 하늘로 올라간다
두루미 등에 얹혀서

다저녁에 풀 뜯던
황소도
나도 고삐를 잡고,
대가리에 치솟은 뿔처럼

흑갈색 들녘이
올라간다

저녁 연기 같이
두루미 발에 매달려서

※ 실로암복지관 주관 시 공모전 2003년 9월 28일 준우수상

지도교수의 말

화음(和音)●시

볼 수 없는 것을 보는 마음의 눈, 그 슬프고 아름다운 이야기

이지엽(경기대학교 교수, 시인)

화 음(和音)

이지엽

시각장애자 학생들에게
시 창작 강의를 하는 날은
나도 눈이 먼다
그들이 나누는 말에는
꽃이 핀다
원추리 노란 꽃대가 출렁거리고
어디서 날아왔는지
나비떼가 길을 안내한다

남들이 그렇게 아름답다고 푸른 하늘을
단 한 번만이라도
보고 싶다는 글귀에서는
목이 멘다

보고 있으면서 느끼지 못한 지
얼마나 되었던가
보지 못할 것들에 더 흥미를 느끼면서
보아야 할 것들을
나는 다 놓치며 살고 있다

지팡이를 더듬거리며
한 계단씩 짚어 내려가는
그들에게는 건너뛰는 법이 없다.
새치기를 하는 법이 없다.
내 것 아닌 것을 내 것으로 만드는
기교도 없다

누군가 쉬는 시간에
하모니카를 분다
누군가 노래를 따라 부르기 시작하자
다들 따라 부른다
나도 따라 부른다
올해도 과꽃이 피었습니다

꽃밭 가득
정말 과꽃이 피었는가
물을 뿌린 듯 둘레에 생기가 확 돈다

볼 수 없는 것을 보는 마음의 눈,
그 슬프고 아름다운 이야기

이지엽(경기대학교 교수, 시인)

별바라기 동인들은 앞을 보지 못하는 친구들입니다. 성북시각 장애인복지관의 프로그램에 의해 문학답사를 한 번 안내하게 된 것이 이들과 인연을 맺게 되었습니다. 답사 일번지인 전라남도 담양의 가사문학관과 그 일대를 둘러보고 이튿날은 비엔날레 전시장과 전시장에 있는 김남주 시비와 김만옥 시비를 구경했습니다. 그런데 이들은 이 시비의 음각으로 새겨진 글씨들을 만져보고 눈시울을 붉히는 것이었습니다. 대학에서 학술답사나 문학답사로 학생들을 수없이 인솔했던 저로서는 가슴 뭉클함을 느끼지 않을 수 없었습니다. 지금까지 시비에 감동하는 그런 경우를 보지 못했기 때문이었지요.

그런 일이 있고 나서 다음해에 문예창작 프로그램을 그만 두어야할 형편에 이르게 되었습니다. 복지관의 예산이 충분치 못하기 때문이었지요. 사실 재활교육에도 부족하니 문예창작은 뒷전으로 밀릴 수밖에요. 그렇지만 이들은 시창작을 배우고 싶어했습니다. 저는 가르치는 것을 자청하지 않을 수 없었습니다. 이들은 형편이 어렵지만 다 따뜻한 가슴을 가지고 있었습니다. 더욱이 이들이 이 복지관에 오기 위해서는 새벽부터 서둘러야 합니다. 어떤 경우에는 시간이 다 끝나갈 무렵 도착한 사람이 있어 왜 이리 늦었냐고 물어보니까 골목을 잘못 들었다가 지나가는 사람이 없어서 마냥 기다렸다는 거였습니다. 장애인을 위한 시설이 너무 열악하여 이들은 목숨을 걸고 오는 것이지요.

저는 이들을 보며 가르친다기보다 많은 것을 배우고 있습니다. 이들은 눈으로 볼 수 없는 것을 보고 느낍니다. 정상인이 느끼는 것보다 훨씬 강한 시적 감수성을 가지고 있는 것이지요.

한 땀 한 땀 수를 놓듯 이들은 시를 씁니다. 여기에 실린 작품들은 지난 4년간의 기록들입니다. 슬프지만 아름다운 노래들입니다.

어려운 가운데도 문예창작 프로그램이 지속될 수 있도록 토론할 공간과 행정지원을 아끼시지 않는 성북시각장애인 복지관 관장님을 비롯하여 여러 선생님께 진심으로 감사드립니다. 책을 내고 싶어도 버거워하는 이들의 어려운 사정을 아시고 크게 도움을 주신 정인욱 복지재단

이사장님께 감사드립니다. 이 책이 보다 많은 이에게 읽혀져서 희망을 가지고 살아갈 수 있도록 길을 열어주고, 지치고 힘든 현실적 고통을 온몸으로 견디며 생의 고뇌를 늘 머릿속에 안고 살아가는 이 땅의 많은 장애인들에게도 샘물 같은 희망을 주기를 진심으로 바랍니다.

별바라기
식구들

시창작회원 연락처

이지엽 교수님 ☎ 011-603-3174 031) 249-9922 poetry99@hanmail.net

강춘석 ☎ 02) 861-5087 010-3914-3254 sunmilo@kbuwel.or.kr

김복자 ☎ 02) 2232-1538 2252-6667 sybk@kbuwel.or.kr

김주호 ☎ 02) 741-1837 011-9023-6788 sinbyin@kbuwel.or.kr

김판길 ☎ 032) 888-5525 032) 432-8033 jjindoly@hanmail.net

박항임 ☎ 02) 2256-0810 018-311-1000 Bumkyoun@kbuwel.or.kr

송우영 ☎ 031) 294-5798 016-284-5794 wysong@kbuwel.or.kr

신성철 ☎ 02) 318-3190 011-894-3199 sin@kbuwel.or.kr

염진옥 ☎ 02) 482-6393 018-364-6393

오영란 ☎ 02) 458-3216 011-723-3217 young@kbuwel.or.kr

이미순 ☎ 016-881-2314 925-2314 soonmi@kbuwel.or.kr

이은숙 ☎ 011-9907-7541 wooarmo@kbuwel.or.kr

이준표 ☎ 02) 824-2369 ljp@kbuwel.or.kr

정혜선(춘자) ☎ 031) 275-0749 017-721-0742 vic7901@hanmail.net

조승현 ☎ 02) 813-1888 011-9953-1880 staff55@hanmail.net

조정화 ☎ 02) 917-1987 010-3125-7478 hello-jjinga@hanmail.net

최인기 ☎ 032) 442-005 011-496-0036 vacuum91@kbuwel.or.kr
황인락 ☎ 010-4452-3699 goldstar@kbuwel.or.kr
김미선 ☎ 032)517-1650

성북시각장애인복지관/김우현관장님
서울 성북구 동선동4가 279-1 ☎ 02) 923-4555
장미선 ☎ 011-9883-1963, janglee0804@hanmail.net
이지원 990321@hanmail.net
*별바라기 동인들은 성북시각장애인복지관에서 매월 2회씩 시창작의 이론과
작품합평을 하고 있습니다. 시창작에 관심이 있는 시각장애우들의 많은 참여
를 기다리고 있습니다.

3천원짜리 봄

2006년 별바라기 동인 사화집

초판 1쇄 발행일 · 2006년 12월 20일
초판 2쇄 발행일 · 2007년 03월 24일
초판 3쇄 발행일 · 2007년 05월 15일
지은이 · 송우영 외
지도교수 · 이지엽
녹음 · 성북시각장애인복지관
펴낸이 · 노정자 정일근
펴낸곳 · 고요아침
편집 · 김창일

주소 · 서울 서대문구 북가좌동 328-2 동화빌라 101호
대표전화 · 302-3195 | 팩스 · 302-3198
이메일 · goyoachim@hanmail.net
ISBN 978-89-6039-050-8(04810)

*이 책자는 정인욱 복지재단의 후원으로 간행되었습니다.

값 8,000원